洪明燦 著

自　序

　　自小我便不擅擔任頭頭的工作，總以為帶領別人是一件挺麻煩的事，時至今日，小學同窗漢秋還常玩笑的說我：「要你做什麼都行，就是不許要你當班長。」但二○一○年年初，我竟出乎意外地被選為金門縣書法學會第四屆理事長，這原不在我生涯規畫內的事，著實讓我惴惴不安了好一陣子。但回頭一想，事情既已來臨，除了「坦然面對」之外，恐怕沒有別的辦法。

　　接任沒多久，「辛卯兔年春聯書寫放送的活動」便悄悄的兵臨城下，趕緊找來工作夥伴商量對策，會中決定先以「楷書風華」這組人馬上陣。竟沒想到整個活動下來順暢無比，除了會員的熱情之外，索求春聯的鄉親臉上更是堆滿笑容，這個畫面，真是令人感動。心想若能記下這眼前的片段，為學會留點雪泥鴻爪，豈不也是美事一樁？就這樣我寫下了「辛卯兔年春聯大放送」一文。往後的一段時

日，隨著學會所承辦的不同展覽活動，又依序寫下：「游於藝」、「從威遠樓的和平頌談起」、「楷書風華」、「翰逸神飛」、「筆走龍蛇現新姿」、「大漢隸法」、「毫光墨香書法展」等短文。

這當中因為毫光墨香書法展，是一個結合兩岸三地六個書法團體的共同展覽活動，是學會每年必須承辦的年度重頭大戲，它不只反映現階段兩岸的書法水平，也是最好的觀摩交流平臺，意義非凡，故而特別將「毫光墨香」四字，用做本書的書名。

在我任期的第三年，為了拓展會友們在書藝上的視野，特別舉辦了一次「山東碑刻文化之旅」的活動。山東是齊魯古地，孔孟原鄉，其深厚的文化內涵和豐富的碑刻遺跡，令人嚮往。那一趟旅遊，我們在湛藍的青島海岸，悠閒的看著水鳥高飛翱翔；在維坊楊家埠，見識到北方古樸拙雅的木刻年畫；在青州博物館，讚嘆為數眾多的北齊佛像；在周村的「大街」上，心驚膽顫地目睹村民真實版的吞劍表演；在岱廟的碑石陳列室，流連忘返於那些心儀許久的著名碑刻；在泰山頂上，那天街的虛無飄渺，讓人有著乘虛御風之快；而走去經石峪，是我們這群學書人辛苦而美麗的堅持，當面對

那一大片溪石的燦亮榜書大字時，所有的驚嘆都化作一時的靜默，這無言的對望當中，隱含著會友們深深的孺慕之情。

「福州行」、「山水合璧在臺北」、「三百活動」、「壽宴」、「郭柏川紀念館」、「鹽水蜂炮」、「遇見臺灣詩路」等文，是我走出島外的所思所感 。前三篇有同好伴遊之樂，有觀賞名畫的心情點滴，有翰墨交流的見聞隨想。後四篇是在二〇一二年初赴臺南參加恩師王家誠八十大壽所衍生的記事，現老師雖已仙逝，但他在藝術上給我的啟迪，畢生難忘。「郭柏川紀念館」則是追記一個年少的學畫人，對大師風采的仰佩與懷想。「鹽水蜂炮」記述了年節時，南臺灣人對蜂炮追逐的熱鬧場景。「遇見臺灣詩路」則讓人看見鄉土文學的魅力。

二〇一〇年夏天杭州回來，適巧地區的偏遠小學有個「藝文深耕」的課程，需要聘請校外專業人士蒞校授課。最先是安瀾國小來電，我姑且答應，先教授書法再嘗試水墨，風評不差。第二年西口跟進，我如法炮製，亦有口碑。現在卓環、古城也緊追不捨，我都一本初衷，傾囊相授。「藝術生根」、「來去西口」正是我教職退休後再回學校的教學心得，想到我這已逾花甲之年的人，還能有此機會，發揮生命

的剩餘價值，為民族幼苗播撒藝術的火種，心中除了感恩之外，不知還能說些什麼？

書的末尾，我特地將這一任所經歷過的所有活動製成一覽表，四年的時間，一個小小的民間藝文團體，竟能如此豐富的面對一百多個項目的活動，確實是件不容易的事，為此連我自己都要按下一個「讚」了。然而所有的光彩，還是要歸功於全體會員，是大家對我的「情義相挺」，才能成就這段美好的因緣。

最後是本書的出版，金門縣文化局的贊助功不可沒，文化局長年對地方文獻的贊助活動，不只圓了作者出書的夢，更為金門的文化不斷的注入新元素，此舉當會如詩歌一般，一代一代地被傳頌下去。

CONTENTS

辛卯兔年春聯大放送

參與各種形式的春聯書寫已經有好幾個年頭了，但都只是寫完就走，留在心中的只有那麼一點「揮灑」的快感罷了。但這回可就不一樣，自從去年初膺任金門縣書法學會理事長以來，這一年多所有的書法活動我都得擘畫執行，親身經歷，讓人無法再一如往昔，像過客般的自由自在。

文化局在二〇一一年度裡，交付給金門縣書法學會承辦的活動總共有五個項目。其中的四項是屬於展覽活動，這種展覽活動以展示書法作品為主，作者只要關起門來，將佳作寫出，裝裱懸掛即可。但這回的「辛卯兔年春聯書寫贈送活動」則不是如此，那純然是一種活生生的現場經驗，你既要有書寫的本事，亦要有過人的膽識，至少內心要夠篤定，否則在眾目睽睽之下揮寫起來，恐怕也難免會有「心驚膽顫」的窘境。

年初，吳總幹事宗陵便將本次活動的公文分寄給學會成

員，因為這是個大型的活動，我們希望會友能踴躍參加。活動那天清早，當我踏進文化局的大廳時，便有好幾位會友和一大堆鄉親在那等候著，低頭看了一下腕錶，嘿！幸好還不到開始的時候，否則主人遲到可就失禮了。但見到如此的情景，我的內心便雀躍了起來，今天的活動必然是熱鬧滾滾，場面動人的。

果不其然，上午九時一到，我們學會便來了近三十位的會友，兩人分配一張長方桌，一字排開，這個陣勢夠得上「恢宏壯盛」了。求索春聯的鄉親們，則視個人喜歡張貼的書體，找尋不同的書寫者。此時「這裡要三對。」「那裡要五對。」「不要門葉，但要橫批。」的話語，不時地在大廳裡迴盪著，空氣中有著一股親切和悅的暖流。當人群漸漸聚集，大廳內已略顯擁擠，我們這群深具文化水平的鄉親們，便會自動的排起隊來，一種「先來後到」的順序便自然成形，這種不爭先恐後的場面，令人欣慰。也讓我不自覺的想起在杭州的日子，那裡雖號稱為「大陸最適人居的前十大城市」，但幾次排隊等候的經驗，卻叫人深深不以為然。反觀我們這從不炫燿自己如何如何的島鄉僻地，在「溫柔敦厚，謙讓處下」的這一個文化底蘊上，確實有讓人刮目相看的自

信與高度。

　　當索聯者把一張張書寫好的對聯攤在地上晾乾時，文化局的大廳一下子便紅通通的「亮」了起來，濃厚的年味也隨之來到。今日外頭的天氣冷冽無比，微蔽的大鐵門則因不斷進出的人潮，發出「卡、卡」的聲響，一群群來自四面八方的人，男的、女的、老的、少的，誰都無懼於這低冷的氣溫來到這裡。除了可以索取到喜歡的春聯之外，更能提早感受這新的年味，真是何樂而不為？此刻正在埋首揮寫的會友們，見到這般熱情的鄉親，誰又能不卯足了勁，盡情的揮毫呢？

　　對未及「耳順之年」的年輕會友，我倒還不以為意？但會裡的兩位年過八旬的老前輩，溫老仕忠、林老金龍的面前都站著一列人，看著兩位老先生一筆不苟的蘸墨，在紅紙上書寫著工整的楷書，三不五時還得調整一下坐姿，提一下老花眼鏡，真是辛苦啊！年過七旬的陳常務監事炳仁，一大早就從成功村趕過來，他雖然沒有直接參與書寫，但自始至終幫著留意全場的狀況，提醒這提醒那的，使得書寫的流程更為順暢無阻。清國、應德、永贊、國粹、林進、發色諸先進，臉上堆滿著笑容，來者不拒的態度，讓鄉親們有賓至如

歸之感。其他像我一般年歲的會友，錦海、敏達、鼎仁、明標、文正、宗陵、坤成、金鍊、清忠、志鈺、有諒、光浯、為庸等，各以自己所擅長的書體，寫出不同的春聯，看到鄉親們個個笑顏逐開，不斷的稱謝，我們的心也跟著怒放了，人家既是乘興而來，我們又豈能令其敗興而返呢？此外腳傷的壽森，拄著枴杖前來，讓我不知說啥好，只能輕拍他的臂膀，表示敬意。年輕貌美的會友賀文老師，在我的要求下，亦勉強前來，但活動之後她卻主動的告訴我：「這個現場書寫的經驗太寶貴了，至少讓我把膽量給練起來了，希望以後能有機會再參加。」

　　我自己則有這樣的一個經歷，那是替幾位金門大學的女學生書寫時發生的事。書寫之前我先問道：「要幾幅？」「三幅。」「紙幫拉好。」「好的。」寫完上聯之後，我試著又問：「我寫的這種偏草書的字體，你們看得懂嗎？」女學生們搖搖頭，但嘴裡卻試著唸，唸不完全，再試，仍是一樣。然後我幫唸完了，她們亦跟著唸了一遍，表情羞澀而驚喜。寫下聯時，我又小考了一下，情況依然。但女學生們似乎很為自己能認識幾個草字而高興，並主動的告訴我，是想趁寒假返回臺灣之便，帶著金門求索的春聯回去張貼。嘿，

原來她們是臺灣來金門大學就讀的學生，在我們既有的思維裡，凡事總是大大的臺灣引領著小小的金門，一直以來我們吃的用的甚且學的，幾乎全都是來自彼地，可是今日發生在眼前的情況，卻讓人有種時空錯置之感。但這群年輕朋友的到來，真的讓我感到高興，我們不是常常先入為主的認為Ｅ世代的孩子，距離這些所謂傳統的「老骨董」已愈來愈遠了嗎？但見到她們，讓我覺得書法的往下紮根仍是大有可為的，問題是我們這些蒙受書法薰陶的長者，如何用比較活潑而能吸引人的方式讓孩子感到有趣，只有有趣的事物才能引起別人的關注與投入，這也是金門縣書法學會往後責無旁貸的事。

　　我們的活動是在下午四點半結束，但時間一到，卻仍有少部分的鄉親在等候著。我知道這一整天下來，任誰都會精疲力盡的，但大夥還是咬緊牙根來滿足鄉親的需求，這情況真的使我非常感動。事實上會友這種犧牲奉獻的精神，從月初的料羅社區發展協會、東門里社區發展協會，中旬的烈嶼鄉文化館、和平社區發展協會、福建省政府、慈濟功德會金門分會，一直到下旬的金沙鎮公所、金寧鄉公所、金湖鎮公所、金門酒廠和后豐港社區發展協會等公家機關或社區團體

的春聯書寫贈送活動裡，都發揮得淋漓盡致。忝為學會理事長的我，對於會友這種不計任何代價，一心一意只為學會而努力的精神，真是無以為報，只能藉著報端，除了讓更多的人知道金門縣書法學會的這項善舉之外，亦表示我個人最誠摯的謝意！

參加二〇一一辛卯兔年春聯書寫贈送活動的會友合影

年過八旬的老前輩溫老仕忠、林老金龍書寫的神態

游於藝

——寫在含松書會金門聯展之前

　　九月中旬我接到老校長陳昆乾先生自臺北的來電，說是有一個臺北市的含松書會，國慶期間要在金城鎮公所的七樓舉辦書法展，希望我能為這個展覽寫篇文章。起先我是有幾分猶豫的，因為我對這個書會一無所知，如何下筆？但電話那頭的老校長卻興致勃勃的為我描述了包括指導老師——書畫家陳嘉子女士的一些事情和她所指導的這個書會的狀況。此時我仍語帶保留，正不確定是否答應此事時，他竟又直接了當的說要寄來陳老師和該書會的相關資料讓我先睹為快，以便書寫時能就地取材，有所發揮。

　　那天下午我便收到他寄來的一個快捷紙箱，真沒想到老校長已年過七旬，做起事來依然是當年那般的精神奕奕，劍及履及。打開一看，裡面有兩本書畫集，一本是「陳嘉子七十書畫展專輯」，另一本是正待裝訂的「含松書會——陳嘉子師生書法聯展」的書法集，後者的封面題字還是老校

長的親筆呢！此時，我唯一能做的就是趕快把一片鬆散的心提振起來，先老實規矩的梳理資料吧，看能不能由眼前的這兩本書畫集理出一個頭緒，再竭盡所能的擠出一點文字來交差？

　　在「陳嘉子七十書畫展」這本專集裡，我閱讀到一位對書畫十足熱情的性靈。集子裡收錄著作者的書法與繪畫，她的書法篆、隸、行、草、楷各體兼備，每一種書體皆寫得靈活生動，很有氣勢，讓人對她產生「七十而從心之所欲」的聯想。在書法上，她師從李普同和王靜芝兩位書法大家，李氏的書法承繼于右任標準草書的精髓，但在集子裡，卻見不到標草的影子，倒是其中的幾件大篆、魏碑與唐楷，寫出樸茂雍容的面貌，仍不脫右老的大氣象，這應該是來自李老師「心太平室」的長期薰陶吧？她的行草書寫得逸趣橫生，瀟灑自如，帖寫的味道十分濃厚，這方面又與拜師於王靜芝老師有密切的關係，王氏的行草飄逸雅致，富書卷氣，尤其是對二王的探究更為深入獨到，這對她當然也是有影響的。只是作者浸淫翰墨數十載，似乎已有一種海闊天空，不想為法所縛的企圖，故而書寫當下那份藝高膽大，率意而為的運筆特質，躍然紙上。

其次是她的水墨轉益多師，先是在陳景容先生處學素描，再從藍清輝先生習水彩，為往後的造形打下良好的基礎。後來更從嶺南派畫家黃磊生先生學習花鳥畫，再隨劉國興先生走進現代水墨世界。這樣的一個學習歷程，充分顯現出她對繪畫的摯愛與熱情，也是一種「活到老，學到老」的最佳寫照。書畫集裡的山水、花鳥、翎毛，設色典雅，筆線遒勁，帶著濃濃的嶺南派氣息。至於現代水墨的追求，則是更自由的運用筆的特性與墨的趣味，不管是抽象或半抽象，都是心象的直接投射，那變幻莫測的墨暈、水韻，充滿著律動節奏的感性之美，給人無限遐思。她對現代水墨的追求，可以說是一種創作態度上的不固步自封和勇於求新求變的具體展現。

　　在「含松書會」這本書法集裡，收錄了陳嘉子老師和其他五十多位會員的作品，內容涵蓋了甲骨、金文、石鼓、小篆、漢隸、唐楷、行草等。當中以行草的作品最多，在學習書法的過程當中，行草書總是被放在正體書（篆隸楷）之後，所以一個學習者若想要在行草上有所積累，非得下十數年甚至數十年工夫不可。集子裡多數的人，大都能寫得提按有致，映帶自如，有的還能順性而揮，無畏無懼，頗有乃師

之風，甚是難得。

　　其次，用金文書寫的作品亦多，金文的字體我們一般又稱為籀文或大篆，它的體勢繁多，變化萬千。那高古渾樸的書風，是需要以嚴謹的中鋒筆去完成的，學習者初始當先求整飭〈史牆盤〉，再追放逸〈散氏盤〉，對這群常青的老者來說，人生的大風浪已看盡大半，還能有什麼事記掛心頭呢？故而各個寫得放逸，毫不顧忌，很有「心想手隨」的意味。《書概》有言：「書，如也。如其學，如其才，如其志，總之，如其人而已。」他們似乎很能把握住這樣的意思。只因金文去今已遠，有些古字辨認不易，故在做為基礎選帖時，常不如楷書之普及，但能自金文走近書法，或是用它來增加書體的金石趣味，確是卓見。當然其他寫楷、隸的人，數量雖不太多，亦多能入木三分，不失矩度。

　　這個月我在《金門日報》的《浯江副刊》上，讀到兩篇文章，那是作者將自己在陳嘉子老師處學習書法的心得點滴訴諸於文字。文中對老師的教學情況，引領方式以及熱心投入書法藝術推廣與國際交流活動，多所著墨，也以相當的篇幅介紹這「臥虎藏龍」的班級群像。這群耽於翰墨的老者，有的亦曾叱咤風雲或是某個專業領域裡頭角崢嶸的人物，今

日他們猶肯放下身邊的一些事務，凝神靜氣的跟隨著老師，在一點一劃的筆墨世界裡快樂的學習著，這種渾然忘我的境界，讓人不由得想起陶淵明那「此中有真意，欲辯已忘言」的詩句來。

這回「含松書會」經由熱心的鄉賢陳昆乾先生的居中協調，並蒙石鎮長的特別允諾，使其能於今年雙十國慶期間（自十月十日至十月二十二日），假金城鎮公所七樓藝文中心隆重舉辦書法展。在此誠摯希望浯島的鄉親好友，能夠踴躍前往欣賞觀摩，所謂「他山之石，可以攻錯」，我想看了這個展覽之後，除了書法藝術上的切磋長進之外，或許在其他生活態度乃至於生命價值上，都可能得到啟發。

從威遠樓的「和平頌」談起

　　吳宗陵先生的「和平頌書法展」已在今年「八二三」前夕在泉州市威遠樓隆重舉行，縣長李沃士先生還特地訂做了一對花籃祝賀，地區幾位書畫界的好友也跨海前去助陣。太陽這麼猛烈的大熱天裡，縱使我這身為書法學會理事長的人內心有千百個不想出門的念頭，也不能絲毫顯現於臉上。畢竟有個這麼熱心的人，此時此刻正在島外為金門的書法藝術盡心盡力時，最需要的正是這股來自家鄉的支持力量。

　　書法展的開幕式是在八月二十二日上午十時半舉行，威遠樓的二樓展廳裡掛滿了宗陵兄近期的創作，尺幅不一的宣紙上，用不同的書體寫著各式各樣的內容，這些都是宗陵兄絞盡腦汁的佳言妙語。像是：「八閩古地葫蘆郡，二三摯友邀同行；和手共書平安譜，品茗賦詞頌南音」、「八閩二地三通熱；和風平濤頌兩航」、「浯水歸桐郡；鯉人躍金門」、「仙洲親見文濤字；鯉府拜讀弘一書」、「久慕桐

郡藝文子；浯洲書人會畫師」、「風和浪平順；匯繼金鯉情」、「和順平安」等這些詩聯詞語，其內容大都圍繞著和平的意涵，並強調金泉之間自古以來的深厚淵源。所有的書體皆寫得緩慢，是用較多碑刻的筆意完成，顯現出深刻的金石趣味。

在展出的書作當中，我的目光不自覺的駐留在兩件超大型的長軸作品，那是他將兩首自撰的七言絕句，其一是：

和平鐘鑼振威遠，頌安鼓瑟響桐城；金泉同源共祖地，一水那隔兩岸情。

其二：

宗鳴溫陵府衙地，炮禮泉州威遠樓；金書首秀個人展，共創和諧八二三。

以十尺長的宣紙，用行草書體直書而下，只見這兩件裝裱過後的書作，自天花板直垂地面，少說也有四公尺高吧！上頭那蒼勁渾厚，筆意連貫的書體，表現出作者開闊的氣

度，但想像他在書寫時那種邊寫還得邊拉紙張的苦況，應該也是一件極為吃力不討好的工作吧！

宗陵兄的書法運筆著重提按頓挫，故而筆線顯現出生辣的特點，就像纏繞在老樹上的藤蔓枝條一般。這是兩年前我皆同來自臺北市立教育大學任教的蘇振明學長，在烈嶼鄉文化館首次看過他的個展後的共同印象。這回他仍是延續如此的寫法，只是運筆略帶行意，多了一點帖寫的味道，也少了一些生硬。其次是他的字形並不刻意唯美，更不求工，甚且還帶著幾分醜態，但字裡行間卻散發出一種濃濃的拙趣，這種筆墨特質若是走馬看花自然無由品嚐，但細細咀嚼便能領略箇中真味。

除了在書法上的自我紮根，別開生面之外。他在書法教育上亦充滿熱忱，像是他自前年初開始，即自掏腰包的將一大堆作品裝裱完成，然後像唐吉柯德般的在地區的校園內巡迴展出，地區的中小學連同高中職和金門技術學院（現已升格為金門大學），少說也有二十所以上吧，他大約花了一年的時間才把這件事做完。當然他的展覽並不只是單純的作品展示，展出期間他還熱心的跑到學校和學生面對面的互動交流，除了解說作品的內涵，還現場示範，一番身教之後，

自然引起E世代的學生不少的讚賞和驚嘆，怎麼在今天這個如此快速的時代裡，竟然還有人願意用這麼舒緩的方式在書寫，在生活，且如此的勇猛精進？我想當這樣的想法進入學子的心中，它可能是改變的第一步，至少這可以讓年輕的孩子多一個選擇的機會。

　　說到現場示範，這裡我可要介紹宗陵兄左手書寫的絕活，有些書家用左手寫書，或多或少總有那麼一點炫耀的意味，但宗陵兄卻另有他一番道理。舊曆年前我們經常在金門各處幫忙寫春聯，見他幾乎皆以左手代勞，好奇追問之後，他給的答案是：「就怕自己寫得太快，把字給寫滑溜了。」是的，書法的書寫有「疾與澀」兩種方法，疾就是快，澀就是慢。初學者當然以「澀」為主，基本上是談不上「疾」的，但宗陵兄浸淫翰墨數十載，用筆自如已不是問題，何必還要如此辛苦地用左手來書寫呢？但他卻能在此種一切皆看似「順理成章」的情況之下，義無反顧的懸崖勒馬，堅決的限制右手的活動，讓不聽使喚的左手也來試一試，這種勇於挑戰自己的精神，放眼書界亦不多見，當然這無心插柳的結果是讓他自己變成一位可以「雙管齊下」（左右手皆可書寫）的書法家，這也讓他在每次的現場揮毫活動裡，搶盡

風頭。

　　果不其然，他這樣一個「不很方便」的書寫設限，明顯的讓自己的書法丟棄掉華媚的外衣，而漸漸的走進古樸稚拙的道路。這之後他所呈現的書體風貌，是目前在金門、臺灣甚且連廣闊的大陸地區亦屬罕見，如此的獨一無二，正是他最應該珍視的資產。

　　今年初我忝為書法學會的理事長，承蒙宗陵兄不棄，願意擔任本會的總幹事。憑藉著對書法的滿腔熱忱，加上清晰的腦筋和謙沖的行事風格，讓他在會裡廣結人緣，也贏得好口碑。這段時間會裡的各項工作之所以能順利推展，宗陵兄的運籌帷幄厥功至偉。例如他因前理事長陳添財先生的引介，再經廈門市閩臺書畫院劉堆來院長的鼎力支持，於今年四月中旬在中山公園閩臺書畫院展覽廳舉辦書法個展，獲得很好的成效，真可謂佳評如湧。之後更打鐵趁熱，再徵得劉院長的同意，讓本縣書法與美術兩學會，定期推出人選在彼地辦展，七月底本土畫家吳鼎仁先生接續第二棒，也辦了一個水墨畫個展，十月書法學會前理事長陳添財先生，亦將跟進辦書法展，未來這如流水般源源不絕的展次，對兩個學會的會友應當會是一種挑戰，也將是一個難得的成長機會。

讓金門走出去是這些年當政者的施政主軸，也是全體島民最期盼的事，我們這小小的民間藝文團體，在萬事欠缺的情況下，猶不自量力的為此目標奔赴前進，所憑藉的除了藝術專業的自信之外，最可喜的還是因為有像吳宗陵先生的那份燃不盡的熱情，那才是真正的火種呢。

本縣書法和美術兩會理事長為吳宗陵和平頌書法展開幕揭牌

吳宗陵和平頌書法展的作品

楷書風華

　　自接任書法學會理事長以來，就經常思索著，究竟要如何做才能更提升會員的水平？我這樣想只是基於學海無涯的理念，並無半點輕蔑會友水準的意思，也不認為會裡缺乏書寫高手。事實上從過去的多次展出以及與外地交流的揮毫場合，我們都有令人刮目相看的表現，可見這水平一事，實在不需要我太過操心。

　　只是既然加入書法學會，即是表示對書法的一份依戀，自然有必要在書法的每一個面向上去深入理解與耕耘。中國書法的內涵大致包含真、草、隸、篆、行五種書體，一個學書者在學習的過程當中，若能就這五種書體普遍涉獵，則對其書法的創作自然是有所裨益的。另方面是因為一般的書寫者，基於慣性的理由，幾乎每次的展出都是那「千篇一律」的字體，雖然比較駕輕就熟，亦可以表現出一定的火候功力，卻也失去了嘗試新書體，加入新元素的機會，截斷了自

我突破成長的路，殊為可惜！基於這樣的認知，我才在去年夏天的理、監事聯席會議，大膽提出今年本會的分組展出，將採用楷書、隸書和行草三種不同的類別來進行，也希望會友能儘可能的以自己「不熟悉」的書體勤加臨習，書寫參展。此一想法，獲得與會者的普遍認同。

辛卯年前，本會一大部分的會員，皆如火如荼的加入「書寫春聯，服務鄉里」的活動，因為曝光的機會多了，增進了與鄉親之間的互動與了解。這當中主動要求加入本會的社會人士真是出人意料，總共有將近二十個人申請入會，成了我們的新夥伴。為此，總幹事吳宗陵向我提議，何不在今年「楷書風華」聯展的這個檔次，讓這些新血一塊登場，以表示本會對新會員的重視與歡迎之意，這個不錯的意見，讓我們馬上付諸行動。

當公文發至各位參展者的手中，便有人急著打了電話來問這問那的，話語中充滿著喜與憂。喜的是一入會就馬上能粉墨登場，確是機不可失，憂的是耽心自己的書寫功力，怕會在大庭廣眾之前出洋相呢？我深深的知道，這些人的程度是不成問題的，只是因求好心切而欠缺那麼一點信心。幸虧這段期間召集人唐敏達和副召集人蔡顯吉、蔡阿明、余

鳴等的居間協調鼓舞，才讓大家有志一同的奮勇向前，不辱使命。

三月五日開幕時，文化局第一展覽室掛滿了會友的楷書佳作，看到作者和來賓，心情愉悅的盯著牆上的書法，輕聲細語的交談著，氣氛很是融洽。這當中老幹新枝的相互交流，不但交換了彼此書寫的心得，也在無形之中培養了情感。從一個理事長的角度來看，這樣的情景當然令人感到欣慰了，因為我曾不只一次的在會議裡，衷心的表達：「一個學會的成長進步，靠一二人的力量是不夠的，非得結合群體不可。」當會友的感情在這樣的場合裡滋長時，便會自然的凝聚出一股對會的向心力，有了向心力，還需耽心團結與否的事嗎？俗話說：「家和萬事興。」它若用在一個學會上頭，亦甚恰當。

這回楷書展，大致包含以下幾大類別：一是溫仕忠、林金龍、陳炳仁、呂金和、呂水峨等數位會裡的長者，作品雖有參照唐楷的筆意，但更多的是呈現自己的面目，給人「海闊憑魚躍；天空任鳥飛」的舒坦。其次是魏碑體，魏碑是指魏晉時期北方的刻石，因字體品類繁多，且大都寫得渾厚樸茂，放逸率真，頗受臨池者的喜愛。這當中唐敏達藝高膽

大，以較鬆放的心情，寫出它的逸趣，頗堪玩味；余鳴以沉著的筆調，詮釋張猛龍和鄭文公碑，厚而不滯，金石味濃；陳彩雪四張對開臨習，誇張方筆的切角，筆線俐落，行氣聯貫；翟美珍寫的張猛龍已有基礎，另一以張黑女筆意書寫的陋室銘四連屏，亦合法度，尚稱雅致。三是唐初的楷書體，以臨習歐陽詢和褚遂良為主，歐體方面蔡顯吉、蔡文山、黃秀中、莊火練、陳國祚皆能寫出英、挺、秀、雅的特色，表現出臨習當中應有的專注與耐心；陳玉貞的幾張褚體書作，剛柔並濟，根柢紮實。四是顏體部分，蔡阿明、楊忠洵服務於地方法院，學習本會理事水團兄嚴整厚實的筆墨韻致，唯妙唯肖，甚有心得；董加添的一幅臨顏真卿多寶塔的四連屏，筆墨大方，氣勢挺拔，已略見功力。

這麼多不同面貌的楷書齊聚一堂，真的讓人目不暇給，愈看愈歡喜。為此我在開幕茶會上就多說幾句。一開始便強調楷書絕不僅只是初學者的專利，任何人即使已成名成家，若想再攀山頭，非得時時刻刻在「慢字上」下死工夫不可，此刻楷書可就成了不可缺少的營養素。接著更以召集人敏達兄的臨池經驗為例，說他退休之後，將楷、隸奉為圭臬，一步一腳印紮實的臨寫著，他那奔放自如的行草書，正是來自

這一點一滴的日常功夫。這無非也在勉勵會友們在龍飛鳳舞之際，亦能時時留意腳底下的基本功，所謂「登高必自卑，行遠必自邇」，翰墨臨池一事尤然。

接著我更引用唐代孫過庭書譜裡的一段話：「初學分布，但求平正，既知平正，務追險絕，既能險絕，復歸平正，初謂未及，中則過之，後乃通會，通會之際，人書俱老。」在浩瀚的書法長流裡，我們不畏辛勞的在筆畫、在字形、在行氣上不捨晝夜的苦苦追求，有一天，當我們可以「人書俱老」，固然很好，但若只是「人老書不老」，亦不打緊，畢竟這求索過程中的點點滴滴，已豐富了我們的生命，也讓生活得到安頓，得到淡定，更得到快樂！

參展會友與金城大家長石兆瑉鎮長合影留念

本會洪理事長向來賓解說參展出作品的特色內涵

翰逸神飛

為慶祝建國百年，金門迎城隍活動，金城鎮公所石鎮長特別邀請金門縣書法和美術學會，於農曆四月十二期間在鎮公所的七樓展出。四月的最後一天，由書法學會先登場，展期大約十天，之後再由美術學會接力。現在書法展正進行著，看著整個活動如此熱烈順利，欣喜之餘，心中還是懷著深深的感謝，心想鎮長能夠在這全縣最具規模的迎神賽會活動裡，主動注入藝文的元素，深化在地精緻的文化質量，提供鎮民較多樣的藝文接觸，增加地區書畫界曝光的機會，這完全是他的一片「真心」所致。

回想起今年初本會在烈嶼鄉文化館辦了一個「書法六人展」，開幕當天個人有幸利用電腦來介紹參展者的書風特色，碰巧石鎮長也是座上賓，聽我一番講述之後，似乎頗有感覺。會後便找我聊了一些話，並拋出一個希望未來學會也能在金城鎮公所展出的議題。沒多久我便邀了幾位書畫界的

朋友到公所造訪了石鎮長，話還沒談多少，他就做出了今年農曆四月十二金門迎城隍期間展出書畫的明快決定，這可讓我對他那劍及履及，毫不拖泥帶水的作風，留下深刻的印象。

　　鎮長的這番美意，如何能辜負？隨即召開本會理、監事聯席會議，當我將石鎮長的美好構想向會友宣布時，大家對他在公務繁忙之餘，猶能如此熱切的推展文化活動，頗多感佩。接著有人提議這第一次受邀，就讓理、監事先上陣，展出的名稱就訂為「翰逸神飛」吧！並責成由吳總幹事宗陵居間協調，統籌相關事務，非得將此事做到盡善盡美不可。

　　展前有人建議將展出者的作品印製成一張彩色摺頁以廣宣傳，並可留做紀念，待聯繫過臺北的平面設計公司之後，彼方表示印成小冊子會更理想。此時又有人提議，若要輯成小書何不也將邀請函一併印上，既美觀又可省去一筆開銷，我與吳總幹事皆從善如流，一切遵照辦理。果不其然，當邀請函寄出後，就有好些朋友打電話來說這談那的，大大的讚美了一番，都認為這本小冊子印得真是「小而美」，令人愛不釋手。開幕當天我拿了四百本放置在簽名桌上，才幾天的工夫，就已剩下薄薄的一小疊了，可見來賓也是喜歡的。一

位會友見此，建議往後的各項展出也可朝此方式去努力。

這回展覽，所有參與者無不拿出看家本領，全力以赴。在沒有事先約定的形況下，整個場面竟然涵蓋了真、草、隸、篆、行五大書體，可看性相當高。真書方面有張水團、陳應德、洪壽森等厚重的顏體；有唐敏達稍微放逸的魏碑體；有陳炳仁隨性而書的自由體；有楊清國略見行意，卻不失嚴整的臨清人書家體。隸書方面有呂光浯略帶篆意的張遷碑四連屏；有陳添財仿鄉賢呂世宜筆意書寫的條幅；有王宏武燕尾略顯流麗的八分；有我以好大王碑的筆意寫的榜書楹聯：「城隍庇佑；浯島平安」，除了展後用來贈送鎮公所之外，也呼應了本次展覽的主題。篆字方面數量並不多，但張清忠和陳添財的兩幅作品，已見出沉穩的中鋒用筆和高古的氣息。行草方面數量最多，此中比較偏行的有洪松柏、鄭有諒；偏草者有吳宗陵、王宏武、唐敏達、洪明標、吳鼎仁和我，行草書最宜「達其情性，形其哀樂」，是書寫者的最愛，但因減筆變形的關係，觀賞者往往有看沒有懂，莫知所云，故而影響了欣賞的意願。此種認知上的差異，還有待我們這群書法人去主動說明，大力宣導才成。

開幕當天，石鎮長就曾經表示，這麼不錯的展出，若

沒讓更多的民眾來看，還真有些可惜。話還沒完，他的腦中便已靈光一閃，隨即說道想要在展出期間辦書法講座，並找彩品讓鄉親摸彩，希望有更多的人走進公所分享這項藝文盛宴。講座的師資由我負責，並開玩笑的說若找不到人，便得自己代班，我見他態度如此熱切，也只能恭敬不如從命了。隨即徵詢各參展人，最後選定陳添財、楊清國、王宏武、吳宗陵和我來負責這項任務。

隔天的《金門日報》登載一則〈參加書法講座，有機會獲城隍爺公仔〉的訊息，內文除了刊出每天有三位幸運者，可以因摸彩中獎而獲得一套城隍爺公仔組保平安之外，更會在最後一天的講座裡，提供三臺數位相機給聽眾，此外新遞補上任的倪于婏代表聞訊之後，亦主動表示將提供一份彩品共襄盛舉。這些訊息讓我對講座懷著期待，書法絕不能只是孤芳自賞，走入社區，走向群眾才是大道。而此時此刻能有行政首長的主動支持，無形中讓我們這群平日舞文弄墨的人，內心特別窩心。

首場講座由陳前理事長上陣，他幽默的語氣，娓娓道出書法的美與好，深入淺出的介紹引來不少的共鳴。接著楊清國理事介紹參展者的書風特色，並將自己在書法耕耘的苦與

樂分享大家，因是自身的經驗，聽來特別真切。王宏武理事表示在金門有同好的切磋琢磨，眼界長進很多，也以「字無百日功」與大家共勉。吳宗陵主講之前，先以左手揮寫了十個斗方大字，準備會後送給聽眾，接著鼓勵大家要以舒緩平靜的心情來書寫，唯有如此才能寫出渾厚而溫潤的字。我以電腦投射各種書體影像於銀幕上，帶領聽眾走進中國書法的美妙世界，將秦篆、漢隸、唐楷乃至於宋、元、明、清各個朝代的書風演變，來龍去脈分條析理，先讓聽眾對書法有一個整體而明確的輪廓，有了認識才能談到喜歡，也才有學習的可能性。

　　七場講座下來，總共吸引了超過四百人次以上的聽眾，這實在出乎我們的預期。這段期間鎮長、行政課的陳課長、董課員除了給我們最好的行政支援外，還輪流留守會場與我們一起招呼，真是辛苦異常。鎮長也不只一次的同我談起：「當決定辦講座之後，心裏便開始擔心了，真怕曲高和寡，沒想到講座如此順利，聽眾的熱情真是太令人感動了。」的確，這一系列的講座下來，主講者的辛苦當然不在話下，但觀眾的熱情參與，才最叫人欽佩。我們的社會正是因為有這麼一股「潛在向上」的力量，才讓人感到如此平安幸福。站

在書法學會的立場，這回能夠與鄉親如此貼近，面對面的談書論藝，確是一件令人難忘的事。感恩之餘，就謹以此文表達我心中深深的謝意！

筆走龍蛇現新姿

「如椽大筆力無礙，左右使轉氣自來；墨發毫端奔流下，筆走龍蛇意路開。」這是吳宗陵總幹事在本次書法展上的一件自撰左書的七言詩。詩境已很傳神的點出本次展覽的深意，加上他運筆自如，以獨到的中鋒筆線，旁若無人的奮力揮寫，如龍蛇般之閃躲前進，表現出草書體的一份激情。

四月份的時候我們才剛辦了「楷書風華展」，社會迴響熱烈，贏得不少掌聲。這回我們又以另一種姿態出現，推出行草書法展，除了執行文化局既定的年度相關藝文活動外，更重要的還是希望這種不是那麼容易辨認的龍飛鳳舞字體，亦能藉著此次展出廣宣流布，讓一般社會大眾也能一塊來分享。

佈展的時候，我便仔細的看過每個人的作品，感覺在展場上如同有一股「放逸之氣」在竄動，就像運動場上的選

手，你奔前我豈能居後，大家有志一同的盡情揮灑，力求自我超越，最後竟都各自寫出了一份勇毅和篤定的自信。之後我又接連觀賞了幾回，感覺此放逸之氣依然，這或許是本次展覽最為可貴的地方呢？

　　開幕茶會上我首先提到，中國書法的五大書體：真、草、隸、篆、行當中，行草是最能傳情達意的，故而一般人當臨池到某個年限時，大都喜歡試著去寫它的。藉由使筆的快慢緩急，墨韻的乾濕濃淡，忽緊忽鬆的，若聚若離的，或閒淡清雅，或氣勢奔騰，那種當下心情與筆墨之間的緊密契合，都在剎挪之間驟然乍現。待書寫完成之後，若能出現佳作固然好，要是表現平平亦無妨的，畢竟經歷過這樣一個肆意揮灑的過程，整個人的身、心、靈俱已獲得解放，所謂人生妙境，大概莫過於此吧？

　　接著我再以唐代書法家孫過庭書譜上的一句話：「真以點畫為形質，使轉為情性；草以使轉為形質，點畫為情性……。」讓在座的朋友理解，若從「行草」二字去望文生義，當然是要求寫得「流而暢」，但書寫者仍得在點畫的質量與顧盼之間多所琢磨，因此在用筆的疾澀、提頓、章法布局等，都得面面俱到，絕非一筆直書，平板畫過即可交差了

事，也期盼大家可以用這樣的態度去欣賞，甚而去評斷我們的作品。

至於先前的放逸之氣，個人以為形成的原因，大概不離下列幾點：一是藝高膽大的心境：多年來學會不斷推出不同類型的書法展之後，彼此有更多的觀摩學習，會員之間互動切磋的機會增加了，取長補短的結果，必然豐富了自我的表現能力。二是與大陸、臺灣的頻繁交流：這些年我們在幾任前理事長的帶領之下，勇敢的走出島外，不論是展覽、論壇或是現場揮毫，都在有形無形之中，擴大了會友的視野，膽識增長了，落筆還能不篤定嗎？三是每年的春聯書寫：春聯是一種相對來說不那麼嚴謹的書寫形式，每一個舊曆年前，我們在島內和島外總有十幾個檔次的春聯書寫活動，這連續不斷的揮寫過程，自然也練就了大氣象的書寫功夫。四是在書法碑帖上臨池不斷：這段日子經常聽到有人提及，某碑某帖練了幾遍幾通的說詞，能如此專心一致的定在一個學習的點上，還怕不深入嗎？可見學會與會友之間，早已搭起這樣的一條向上提升的連結，我們才能看到「轉變的端倪」，也才能嗅出這股略顯「放逸」的氣息。

這回參展的人員當中，偏向草書體者，除了前述的吳

宗陵之外，尚有陳添財、吳鼎仁、蔡錦海、吳國泰、張瑞心、洪文正、楊清國、陳為庸、楊惠青。此中吳鼎仁、蔡錦海和楊清國三人，以大筆寫大字，氣象寬博，給人一種激昂的思緒起伏。陳添財、陳為庸、楊惠青筆力沉穩，以靜默的心思，如實寫之，少見火氣。吳國泰、洪文正筆健如風，有一種速度之美，我想他們一定有領略過晚明幾位書家的醜怪荒誕之美的。張瑞心字體落落大方，仍保持著一貫的穩定靈動，如能自碑帖中再添進新元素，當能一新耳目。

　　偏向行草者有孫國粹、張水團、陳應德、鄭有諒、張太白、許獨鶴。前面三位會友皆擅寫顏體楷書，一篇上千言的長文楷字，在他們則是舉重若輕。這回他們能暫時放下熟悉的楷書體，選了行草來自我淬勵，當中的「思變」意味，值得喝采。後三者有諒、太白和獨鶴則筆法熟練，直來直往，顯現出無畏的氣質。

　　至於偏向行書體的書寫者有許永贊、洪炎興、翁坤成、王金鍊。許永贊自顏柳下來，以前在陶瓷廠上班，很多瓶罐的題字都出自他的巧手，是老成持重一路的寫法。後三者青一色的二王筆意，洪炎興得自蘭亭，筆墨有濃濃的帖味，甚為雅致；翁坤成苦苦追尋趙孟頫，趙來自大王，故翁字亦

雅；王金鍊尚不固定於某家某派，僅憑大學時代的基礎書寫，但能將字寫得挺硬且有行意，亦屬難得。

　　展出前的兩個月，我特別敦請前陳理事長添財先生，擔任這次展覽的召集人。他接受我的請託之後，便開始著手規劃相關事宜，從擬訂辦法、徵件、聯繫裝裱、主題製作、佈展、茶會等皆事必躬親，任勞任怨，非得做到盡善盡美不可，當中副召集人許永贊、洪文正亦能從旁協助，發揮團隊精神。這回「筆走龍蛇現新姿」能辦得如此順利成功，這背後的點滴辛苦，最是關鍵，特別藉此表示我最深切的謝意！

李縣長沃士蒞臨開幕，勉勵為地區藝術文化持續努力

本會洪理事長向吳副縣長介紹展出作品特色

福州行

　　四月底太武山海印寺的性海師父來電，說福州的定光寺六月份有一個「第三屆海峽論壇——閩臺佛教文化交流週」的活動，當中穿插了一個閩臺佛教書畫展，臺灣已有書法團體報名參加，希望金門縣書法學會也能提供作品參展。不久定光寺亦來函，信函中竭誠的盼望本會能鼓勵會友踴躍參加。

　　彼時因本會正在金城鎮公所七樓舉辦「翰逸神飛」書法展，便直接以此次參展的理、監事為主，再結合「楷書風華展」的部分成員，催促其繳交書作一、二件共襄盛舉。吳總幹事宗陵隨即以電話通知，前後不到一個禮拜的光景，會友們便熱心的繳交了近五十件的作品，大家對這項活動的重視，真是出人意表。

　　五月中旬，性海師父又來電告知福州書畫展的事，這次是希望學會能組團參加。吳總幹事再以電話徵詢各書寫者出

訪的意願，此中有人事忙，有人假不好請，最後是連同眷屬共十二人報名。吳總幹事也因廈門同一時間另有活動，不克同行，接下來的聯絡事宜，便委請副總幹事錦海兄來處理。

六月八日上午八時，我們一行人陸續到達水頭港，搭九點整東方之星客輪赴廈門五通，再由當地的接待引領，形色匆匆的趕到廈門火車站，買妥了去福州的動車票，在舒適的候車大廳稍坐一會，便又隨著人群湧上列車。這款動車與臺灣的高鐵類似，車廂的設施新穎完善，空調舒適，座位寬敞，完全沒有一般列車上的擁擠情況。加上超過二百五十公里的時速，讓廈門和福州之間的距離一下子縮短了許多，我們也僅只花了一百來分鐘便到達福州，難怪在到站的那一刻，團友們臉上仍一派輕鬆，完全看不出奔波的疲困。

導遊柯小姐引領我們住進福州大飯店，飯後小寐片刻，之後有團友想出去逛逛。我因三年前與敏達來此參加廈門畫家鄭瑞勇的水墨畫展，曾在一家叫做東方書畫社的書店買過不少書籍，便提議去書店看看。隨即憑著那一點模糊的印象，在「五一廣場」附近，邊走邊詢問的找著了目標。這家書畫社是公營機構，規模不小有上、下二樓，樓下專賣文房墨寶，樓上則銷售各類書畫圖集。此時外頭的太陽正熱得

慌，而我們能躲在這清涼的冷氣間裡，舒適的流覽著櫥窗內的文房墨寶，或是沉浸在喜愛的書畫圖集裡，真是一大享受！團友也在這濃厚的書香氛圍之下，不手軟的買了印泥、毛筆、墨條、國畫顏料和為數不少的書籍法帖。若不是因路途遙遠，那一大疊堆放在櫃臺後方的宣紙，一定也不會輕易放過的。但無論如何，這一趟書店下來，真的讓大家看得歡喜，買得盡興，對福州也有了好印象。

這次活動因為是由福州定光寺主辦，故而參訪該寺當然是主要行程。隔天清早，柯小姐便帶著我們一夥人去這座寺院參觀，只見這才剛被整修過的千年古剎，給人直覺的印象真可以用「清亮明麗」四字來形容的，這與建物色彩以白、咖啡和寶藍為主，大有相關。大至殿堂坐落的格局，小至屋頂的飛簷屋宇，都經過精心巧妙，一絲不苟的處理過。我們只要從那迴廊牆上幾十堵格調高雅，不落俗套的佛教故事青花瓷彩繪，便可見到端倪。寺後方的白塔，塔高七層，潔淨如玉，它是福州三大名塔之一，因其正位於市區的于山高地，自古便是榕城古地的標的物。走至塔前，見眾多僧伽與信眾正在繞塔膜拜，我和一些團友亦隨之遁入隊伍，跟著繞行祈願。

　　隨後再信步走出側門，見一人工小水池，周圍怪石嶙峋，綠樹如蔭，予人清涼之感，這高低起伏的景致頗有江南逸趣，適宜尋幽探勝。便二話不說的與大夥沿著石階拾級而上，幾個盤旋轉彎之後，上得山來果然別有洞天，此地原來就是于山公園呢！不遠處紅色的涼亭裡，有人在泡茶聊天，亭外的空地上，有人則舞弄刀劍。四周隨處聳立的花崗石塊，被刻上各種不同的詩文詞語，體勢娟秀者有之，渾厚者亦不少，為了這錯落散布的字跡，讓人不自覺的看得入神了。公園的另一頭有座戚公祠，其旁有郁達夫紀念館，前者是明代抗倭名將戚繼光的神祠，後者為本世紀三十年代大文學家的紀念館，一武一文，皆表現出守疆護土之堅定意志，令人仰佩。當我們正聚神於相關的資料展品，沉迷於歷史的過往時，導遊柯小姐開始催促了，因為我們到隔壁福州畫院參觀書畫展的時間已經到了。

　　走進畫院的大門，醒目的主題「閩臺佛教書畫聯展」便映入眼簾，上下二樓方正寬廣的展廳，懸掛著無數精美的書畫作品。國畫方面：主要是福州當地畫家的創作，有山水、花鳥、人物，而更多的是佛像和羅漢畫，讓人見識到福建府城高超的藝術水平。書法真、草、隸、篆、行各體兼俱，書

家們竭盡所能的使出看家本領，故而作品面貌多樣，可看性甚高。一、二百件的數量當中，福州本地的佔去大半，但來自臺灣和金門的七、八十件作品亦頗可觀。前些年我們臺灣的書風還顯現著某些保守與拘謹，但經過這些年的頻繁交流之後，一種豪邁、放逸和適性揮灑的氣息，已悄悄的鑽進我們的書作當中了。

此時會場裡有人正在揮毫，十來位當地的書畫家，或寫或畫，一字排開，場面確實不小，而圍觀的人更多。只見書寫者人人實力俱足，篤定而沉穩，每當有佳作產生，必然引來一陣歡呼，這大為增進展覽的熱鬧氣氛。

這回在福州，因為整個活動的重點偏重於佛教事務的交流，我們這一夥「俗眾」，往往是不須要參加的，故而自由行動的時間就多了起來，為此特地要求導遊小姐帶我們到想去的地方。起先大夥對去哪裡都沒主意，但我靈機一動，這次活動既是因佛教的因緣而起，那就先來個寺院之旅吧。

首先走了一趟位在郊區的福州古剎湧源寺，湧泉寺居閩剎之冠，建在海拔四百五十五米的山腰處，面臨香爐峰，背枕白雲峰，湧泉寺分別於明永樂六年及明嘉靖二十一年兩度毀於大火，明崇禎七年重建，到清代又經過幾次修建後，於

一九八三年重修至今，如今的湧泉寺基本上仍保持了明清兩代的建築風格和佈局。

我們到該寺的目的除了禮佛和欣賞寺院前的兩座瓷塔之外，主要的還是想看看附近的法書石刻群了。先照著寺裡師父的指示，沿著寺門前左側的小路，再爬下一小段的階梯後，便望見那筆直的山壁和壁上大大小小的書跡，有硬挺的楷書大字、有嚴整的隸書體勢，亦不乏奔蛇走虺的行草體。書寫的書家有北宋的蔡襄、南宋的朱熹，明清的亦不少，民國以後的就更多了。內容方面皆寫得隨意，詩詞佔一部分，隨興感想亦多，而某某偕友等一行到此一遊以資紀念的文字亦復不少。大部分的字跡都屬陰刻，且用紅漆塗過，只可惜這裡位於山拗處，因日照不全而過度陰溼，有些石面甚且為苔痕所盤據，故而一部分字的紅漆已脫落殆盡，字跡亦有風化現象，但這模糊情景，並不影響我們的興致，大家仍是津津有味的看著、想著、說著，這一路上的「指指點點」，倒也令人回味無窮。

接著我們又到位在市區的開元寺參拜，此寺位於鼓樓區，俗稱鐵佛寺（因寺內現仍保存一座鐵鑄之阿彌陀佛像，重約十萬斤而得名），是福州最古老的寺院，該寺始建於南

朝時的梁代，因而在新建的山門上有中國書法家協會現任會長張海書寫的「蕭梁古剎」四字，筆勢蒼勁，骨氣淋漓。走進寺院，在供奉鐵鑄阿彌陀佛像的大殿之前，有日本名僧空海的塑像，因前不久在人間衛視的揚州講壇上，演講者曾提到唐代日本遣唐僧空海，是在霞浦這個地點上岸的，他自霞浦至長安學習，因為他的平假名對日本的文字貢獻很大，故而日人稱這一段路為「空海之路」。又說他在中國書法的造詣亦深，尤其對懷素的狂草更是著迷。他曾將王羲之的喪亂帖摹本帶回日本，開啟了日人的書法風氣，他亦因此而被尊稱為日本的王羲之。為此我不由自主的在塑像之前多駐足了一會，也對他的功績，流露出無限的敬意。

在整個開元寺參訪的過程之中，我們的目光不是停留在佛殿上方的橫匾，便是樑柱上的聯對，唸唸內容也瞧瞧書法，橫匾有趙樸初的「福州開元寺」、有弘一大師的「妙相莊嚴」、有沙孟海九十二歲時寫的「毘盧藏經閣」、有張海的「觀音閣」、有劉炳森的「莫向外求」等；對聯的數量更多，有韓天衡的「千秋香火地；萬古老禪林」、有歐陽中石的「古佛由來皆鐵漢；凡夫但說是金身」、有陳立夫的「聖德參天綱維三界隆千古；悲智無際造化九州著萬年」、有朱

守道的「山中歲月時來往；世外風雲任捲舒」、有陳奮武（福建書協主席）的「寺肇蕭梁輪奐歷朝同展謁；經刊趙宋流傳隔海又回還」、有陳秀卿（廈門市書協主席）的「橐籥後梁百煉法身原不壞；丹鉛兩宋千函聖藏庋還全」等。這些近現代書法名家的筆跡，一下子全跑到眼前來，我們也在個把小時裡，欣賞了一個精彩絕倫的書藝大展，無怪乎當大夥走出該寺時，金鍊兄要說：「在這悠閒的時光裡，能與同好一塊讀聯觀書，說長道短，這樣的經驗真是太寶貴了。」

看過開元寺之後，我們又跑了一趟西禪古寺，原以為會再有其他意想不到的美麗邂逅，但幾座殿堂走下來，除了那石柱上光緒年代的聯對尚略存古意之外，其他都引不起太多的興致，加上已近中午，日頭正熱，大家也飢腸轆轆，只好鑽進車內，打道回酒店。

幾個大寺院已大致走過，接下來我們改到著名的「三坊七巷」古民居參觀。我們是在下午三點鐘抵達，為了躲避猛烈的太陽，先去「林則徐紀念館」參觀。林則徐是我們很熟悉的歷史人物，但今日從紀念館那豐富的史料裡，更認識了他，也深深的理解到作為一個力挽狂瀾的勇者，確實不容易。館內那斗大的「民族英雄」四個字，他確實是當之無愧的。

出了館，再走過一座橋，前面的一大片街市就是「三坊七巷」了。它是一個歷史文化街區，保留較為完整的明清建築一百五十多座，被譽為「明清建築博物館」。所謂的「三坊」是指衣錦坊、文儒坊和光祿坊，坊皆位在大街的東側。「七巷」是指楊橋巷、吉庇巷、郎官巷、塔巷、黃巷、安民巷和宮巷，巷則在大街的西面。其中光祿坊、楊橋巷和吉庇巷現已改為馬路。每一條坊巷裡還擁有各自的精彩天地，我們就在這悠閒的探訪當中，無意間的走進清船政大臣沈葆楨和民初大文學家林琴南的故居，院落雖已破舊，但格局上仍散放著恢弘氣象。

　　整個街區的主幹道已完成了復舊翻修的工程，巷弄內的亦正在進行，由於這些建築物大量的使用木造原料，雖然復舊後有著新穎的外觀，倒還能保存著一種溫厚渾樸的古意。此時夕陽西下，遊人漸漸湧入，安裝於街樹上的噴水管，不時的噴出一陣陣的水氣，這可讓遊客們一窩蜂的聚集樹下，去沾染一下那冰涼的滋味。大街兩邊商家販售的商品真是各式各樣，應有盡有。偏古老行業的像是：筆墨書畫店、字畫裝裱店、蜜餞雜貨店、江南絲綢莊、茶莊、舊書攤等。亦有較時髦的店家如：肯德基炸雞、珍珠奶茶、流行時裝、遙控

手工汽車等。這麼多老少咸宜的商家，自然吸引各路人馬，只要看那華燈初上，紅男綠女摩肩接踵相擁而至的情景，便可理解這古街區更新之後的巨大魅力了。

然而自下午至晚間，我的目光一直游移在那數不勝數的市招上頭。那燕瘦環肥的手寫招牌字，真是各有姿態，各具風采啊！為了這一路的市招字，我們一群人的老毛病又犯了，走馬看花絕對是不過癮的，近瞧遠望之餘，還得將書寫者的身家背景，大致的說一說，方肯罷休。就我的記憶所及，大陸的許多城市像北京的琉璃廠、上海的城隍廟一帶、杭州的清河坊街、泉州的狀元街以及廈門的白鷺洲古玩區等，全部是清一色的手寫市招，這些市招不只留住當地書家的筆跡，亦可以見到當代全國性大書家的墨寶，一些百年老店甚且還懸掛著前清時代留下的名家市招呢。在今天這個強調地方特色，標榜「手工製造」的時代，前述幾個城市的做法，說是復古實為創新，這一點或許可以提供給我們這個以「文化和觀光立縣」的地方作參考呢。

離開福州的前一天，主辦單位特別為我們安排了一個筆會交流活動。湧泉寺的普法住持盛情的為此次筆會開筆。剛開始我們還有些生怯靦腆，但做為地主的定光寺墨韻社成

員，各個身手敏捷，毫不拘謹。我和敏達見此，便有了不能只讓地主專美於前的想法，總得起個頭吧！他毫不猶豫的抓起筆，在四尺全開的宣紙上寫下「喜壽康強」，接著我也寫了「風月無邊」四字，接下來我們的會友與定光寺墨韻社成員，便以接龍的方式，一來一往交替的揮寫著。此中錦海寫了一幅中堂，光浯寫了對聯與中堂各一，金鍊寫了兩幅對聯，發色寫了一張橫幅，清忠也寫了一兩個單字。我因身分的關係，被對方要求多寫一些，便不加思索的又寫了四尺全開橫幅「如是我聞」和對聯「星垂平野闊；月湧大江流」。整個活動熱烈非常，毫無冷場，若不是因為晚餐時間已到，我們恐怕是抽不開身的。

　　這一次我們因佛教的因緣而走進福州，在那裏的五天四夜，我們以「客隨主便」的心情隨走隨看，這中間的很多內容，都脫離不了我們最喜愛的書法，更可貴的是還有同好相伴，這一路上彼此之間的切磋交談，多少總能截長補短，激發一些火花的，就我個人來說的確是增長了不少。

　　而這一切完全是性海師父的因緣所致，也特別在此表示我深深的謝意。

湧泉寺附近的石刻群，歷史悠久，頗富盛名

湧泉寺的普法住持和兩岸書法家合影

山水合璧在臺北

　　七月三十日夜，久不聯繫的宏霖自臺南來了一通電話，說臺北故宮的「《富春山居圖》山水合璧展」至明日結束，問我是否已經看過。這消息讓我一下子頗感錯愕，先前七月初我亦曾到臺北，刻意不去觀賞，即是篤定的認為它的展期是到九月。因預定八月初會再走一趟臺北，到時去看還不遲。現在的情況若像宏霖所說，那我恐怕真的沒緣份與名畫見面了，但一顆懸念的心就是放不下來，夜裡亦翻來覆去，就好像小時候功課沒做完，心裡不踏實一般。

　　想起前兩年在杭州學習時，這《富春山居圖》可是老師們推崇備至的名作，去年春在杭州浙江博物館展出《富春山居圖》「剩山本」的時候，幾乎所有的老師都鼓勵我們，一定要去欣賞這僅五十一點四公分的畫作。當時我與幾位大陸的畫友相偕而行，看後還寫了一篇「山水之間」的文章，今年七月底我出了第四本新書，不止將它收入書內，更以它做

為新書的命名。此外在杭州時亦曾隨老師走進富春江寫生，在那美麗的桐廬縣待了數天，除了藉此淬勵自己的畫藝，也懷抱著一份憧憬，冀望踏著黃公望的足跡，去感受這山水之間的那一份靈氣……。這左思右想的結果，讓我在第二天有了新的決定：那就是搭乘上午的飛機，中午直接赴故宮看展覽。主意拿定後，心中的石塊也掉下了，碰巧那天正逢週日，齡兒不必上班，說要陪老爸一起去，這種少有的父子同行機會，更令人雀躍。

到了故宮博物院，便興沖沖的走向購票處，但在櫃檯前卻見到「想看《富春山居圖》的朋友，至少要排隊三個小時以上。」的提示字條，這可讓我猶豫了起來，三個小時可不是一個短時間啊！我到底要不要購買入場卷呢？幸好陪我前來的齡兒提醒：「您如此風塵僕僕的自金門趕來，不正是要看這幅名畫？那就買票吧！」

買票的當下，我的腦中一直盤旋著一列長蛇般的隊伍，想到待會我就要在那裡頭龜速前行個半天，心裡便舒坦不起來。等到上了二樓，嘿！那一條長蛇就在眼前，隨即順著隊伍先往前探視，想了解究竟前面的人有多少？不看還好，這一看可把我給嚇呆了。由展室入口處大玄關裡的一個大Ｍ型

的隊形，再銜接走廊上一列雙人並排的隊伍，這人數少說也有近千人吧？此列隊伍若正常移動還好，關鍵就在它似乎停滯不前。這時候我沒敢多想的逕往後頭走去，既來之則安之，快快接上隊伍再說吧！幸好現在是中午時刻，三、四個小時後應該還能看到名畫，若再遲些時候來，恐怕已經下班了，那損失才慘重呢？

站在這比蝸牛的蠕動還要緩慢的隊伍裡，真的叫人百無聊奈的，然而我卻在這無所事事當中，看到了一些「風景」。先談在我前頭的一男二女吧，這三人時而用廣東話，時而又以不太流利的國語交談著，一問之下才知來自香港，昨天才到臺灣，為了就是要看這個展覽，哦！原來還有像我一樣飄洋過海的。後方則是一對中年兄妹，哥哥住臺中，特地來看畫展，妹妹陪著，不明就裡的人還以為是夫婦呢。哥哥滔滔不絕的向妹妹介紹這張畫的點點滴滴，語氣平和，態度誠懇，這如同戀人般的兄妹情誼，亦是少見。當時間一分一秒的過去，當長長的隊伍仍在原地踏步，此時館方的人員卻三番五次的走進隊伍，用非常謙和的語氣表示歉意，但我並沒有看到任何不滿的眼神，或聽到任何埋怨的聲音，有的只是埋首在手中的書冊，要不就是與自己的同伴小聲話語，

當然也有一路閉目養神的，最多的是因長站腿痠而就地搭搭腳，伸伸腰，搖擺肢體者。這一群來自各地的民眾，給人的一個印象就是安靜，就是有教養，充分顯現出富而好禮的國民素質。心想這才是臺灣的真實面貌，與電視上經常報導的那些悚動新聞真的很不一樣，臺灣這幾十年的教育成果，除了展現在政、經、科技等有形的面向上，更深深的烙印在每一個人的言行舉止上，這是臺灣最寶貴的資產，也是最足以向外人炫耀的驕傲。

　　當我面對名畫的時候，已經是下午四點鐘了，我足足站了四個小時才見到這合璧山水的廬山真面目，真該為自己這一路的堅持喝采的，這情境還真有那麼一點「不經一番寒徹骨；哪來寒梅撲鼻香」的況味呢。只是輪到我們一群人欣賞的時候，光陰似乎跑得特別快，看過了「剩山本」那五十一點四公分的大山頭之後，便刻意的集中注意力於兩張畫作的銜接處，「剩山本」的幾個大山頭一路蜿蜒徐緩下來，很巧妙地和臺北「無用師本」開頭的一堆低緩的小山丘緊密的連接起來，前景的山石、水渚確是天衣無縫的，唯一讓人遺憾的是「剩山本」遠處的大山腳，來到無用師本時卻是一片留白淡遠的水域，此格格不入的景況正是被焚後的痕跡。只因

一旁的館員不斷的叮嚀催促，要觀賞者務必考慮後方尚有大隊的人馬在等待，希望能抓緊時間，膽大心細的看過去，千萬別讓腳步黏住地面。我們都是這樣一路過來的，已能感同身受，雖一心想多駐留，卻又怕影響他人權益，只能東看看西瞧瞧，在飄逸蕭散的這一前提之下，努力的從圖畫裡去尋找相關的元素，包括筆線、墨色以及那虛實相映的空間關係，來相互的印證、推敲。雖屬草草，亦感滿足，但無論如何黃公望那放鬆自若，精準簡潔的筆墨韻味，還是讓人印象格外深刻。

在同一展室裡還陳列出許多件與黃公望有關的名畫，包括影響他畫風的五代畫家董源和巨然的長軸山水，元趙孟頫的《鵲華秋色圖》，此畫中的兩座山──鵲山和華不注山各以不同的解索皴和披麻皴去表現，特別引人注目，這些皴法深深的影響著後來的畫家，也確立了元四家（黃公望、倪瓚、吳鎮、王蒙）在中國文人山水畫史上的崇高地位，而黃公望正是元四家的龍頭老大呢。除此之外還有明代沈周和張宏等臨仿的《富春山居圖》，二者皆為山水大家，雖是臨仿，亦有自家面目，但因剛剛才見識過黃公望的真跡，總覺得其他人的臨仿本似乎有失之於「實」的毛病，在「空靈淡

遠」的這一層面上，似乎遜色了。但這兩張畫都能見到「剩山本」和「無用師本」被焚前的模樣，故而除了畫本身的藝術價值之外，亦提供了佐證的功能，在美術史上亦有其不同的貢獻。

在真跡本對面的櫥窗內，擺放了一幅子明本《富春山居圖》，其筆墨韻致細膩空靈很類乎無用師本。清乾隆皇帝愛書畫是人盡皆知的事，但他愛不得法，經常將自己的大印璽大刺刺的蓋在名畫的正中央，這當然造成審美上的一大礙眼。子明本正是當年宮中的珍藏，是乾隆認定的真跡本，即使後來無用師本被收入宮中，乾隆亦固執己見，依然認定它是偽作。以至於今日我們看到的這張子明畫本，它幾乎已沒有中國畫那特有的空白處，因為它原來留白的地方，都已經被乾隆用小字，密密麻麻的題了五、六十處的評語，這可大大的削減了《富春山居圖》那特有的空靈之美啊，讓人感到無限的惋惜！名畫之被破壞，真是莫此為甚。然也正因為乾隆的錯認，才讓真正的真跡——無用師本逃過一劫，這可又是不幸中的大幸呢？

近尾聲時，兒子附在耳邊說：「四叔也來看了。」轉頭望去，明標還在遠遠的隊伍裡「努力奮戰」呢！他是今早

與我通電話後，才特地自永和趕過來的。走出故宮，手機響了，嘿！又是宏霖來電，說人正在南下的高鐵上，待我正興奮的想要告訴他說我已經看過山水合璧的畫展時。他卻先搶著說了，內容和我想要說的大同小異。原來他是三點半看到真跡的，而我是四點才看到，這中間相差的半個小時，讓我們未能謀面。見不見面倒是其次，重點是三個喜好繪畫的人，都能在這緊要的時刻，不約而同的走進故宮，這一份對藝術的熱情，才最讓人感到欣慰呢！

三百活動

　　諸君看了這個命題，可能要一頭霧水了。那是我這個月上旬赴張家界所參加的一個書法交流活動的簡稱，它的全名是「百年辛亥，百位名家，百米長卷海峽兩岸書畫家揮毫交流活動」。能抓住辛亥革命一百週年的特殊時刻，集合兩岸書畫名家一百名（大陸七十名，臺灣三十名），同時在百米裝裱好的素紙長卷上創作書畫，這樣的一個構思真的很別緻，至少在宣傳上已取得成效。

　　能參加這次的活動，主要還是經由廈門市閩臺書畫院劉堆來院長居中協調的結果，上個月劉院長即傳真了一份公文給美術學會的楊誠國理事長，除了說明活動的原委之外，文中亦附上邀請人選名單（包括美術和書法兩學會共九人），我忝為其中一員，便隨隊前往。

　　這次的活動地點是在湖南省西北部的張家界，我們一行人是搭七日下午的八方輪，前往廈門的五通碼頭，隨即由劉

院長的助理陳聰小姐用接待車直接載到高崎國際機場。此時正逢大陸的國慶長假，機場大廳人潮洶湧，好不擁擠，加上我們又到得早，一行人只好在候機室裡耐心的等候，幸好平日彼此都熟悉，便以談笑戲謔的方式來打發這漫長的時光，待天色昏暗，華燈初起時才好不容易地聽到登機的廣播，我們也跟著隊伍魚貫地進入四川航空的飛機，向著湖南長沙的方向飛奔而去。

走出長沙機場時，已是夜間八時半，來自張家界的土家族導遊姚苗阿妹（土家族稱少女為阿妹，不稱小姐的），引領我們坐上車，隨即告訴我們要直奔張家界，車程大約是五、六個小時，也就是說我們一直要到深夜一、二點才能抵達目的地，想到這裡心中還真有些忐忑。在車上導遊阿妹想盡法子要來幫大家提振興致，以便消磨這漫長的時間，但大夥自下午登船後，一路上的舟車勞頓，確實累了，瞌睡蟲已悄悄的上身，雖一心想與導遊同樂，但終敵不過睡神的召喚，大多數的人就這樣昏昏沉沉的進入夢鄉，等到導遊喚醒的時候，已經是凌晨兩點多了，拖著疲憊的身子，最期待的莫若倒頭便睡。只因主辦單位盛情，還特地準備了豐盛的宵夜等候，這一食指大動，可又推遲了入睡的時間，我猶記得

上床時，早已過了凌晨三點了。

　　隔日的主要活動便是百米長卷的書寫，活動的地點就選在風光秀麗的十里畫廊，這是張家界的一個著名景區，沿著河谷可以欣賞那數以千計拔地而起，千姿百態的突兀山峰，真叫人看得瞠目結舌，嘆為觀止。

　　大陸的各項活動，一般總是會先來個盛大的開幕儀式，何況今日是結合海峽兩岸書畫家的大型活動呢！先談自飯店出發開始，即有一群號稱「空氣妹眉」的姑娘，穿著紅色旗袍前來領人，每一位姑娘要負責四位書畫家的生活照顧，例如我被編在第九十七號，吳宗陵總幹事被編在第九十九號，九十八、一百號則是來自北京的書畫家，我們四人就是同一組，算是一個小家庭了，在活動上的一切事務，完全歸空氣妹眉張羅。我這一組的空氣妹眉叫做陳智芝，目前正在旅遊學院唸書，長得十分甜美，做事非常認真盡職，不時的叮嚀我們四人要緊跟著，不要脫隊，但活動的場面大，一個不小心便丟了隊伍，像一百號的老書法家，就常不知不覺的失去蹤影。這可讓責任心重的空氣妹眉著急不已，害得我們也得幫忙四處尋人。會場上有這許多美麗的姑娘來回穿梭，更增添了喜氣洋洋的氣氛。

其次是開幕時除了幾位領導要講話之外，主辦單位特別邀請了當代大陸著名的模仿演員在現場說話。毛澤東、劉少奇、江澤民三位大人物的模仿者，除了本人形貌與大人物相似雷同之外，他們更以其深厚純熟的演技，把每個大人物的神情語氣表現得維妙維俏，傳神逼真的模樣讓觀眾笑翻了，自然也贏得如雷的掌聲。儀式之後，他們還主動的走進人群，與人話家常，三不五時的還以大人物的口吻說話，逗得群眾笑聲連連，這種搞笑的安排，不僅熱了場子，也拉近彼此的距離，更增添了甜美的回憶。若干年後，當我回想起張家界百米長卷書寫的事時，我絕對忘不了這一幕幕詼諧歡笑的場面。

揮寫的時間終於到了，之前主辦單位已經將裝裱好的百米長卷，鋪放在長形的桌面上。每一位書畫家就按照自己的編號對號入列，長桌的前方擺放著墨水和顏料，主辦單位並不硬性規定你該畫畫還是寫字，一切悉聽尊便。當我站上自己的位子之後，本想以眼前的靈秀山水為範本，好好的揮灑出一幅山水畫。但因在室外，太陽亦猛，加上遊人如織，聲音吵雜，此情此景若花上個把小時作畫，恐怕會吃力而不討好的，故而臨時改變主意，寫幾個字交差吧！隨即借來宗陵

兄自金門攜帶過來的毛筆，靈機一閃的寫下：「碧血黃花」四個大字，上款寫上：「辛亥百年百米長卷書寫紀念」，下款則是：「辛卯之秋臺灣金門洪明燦於湖南張家界」，之後再蓋上篆刻姓名石章，短短的數分鐘便大功告成，心情也輕鬆了不少。

　　回頭見大多數的人還在埋頭苦幹，便隨意走走看看。這才發現原來選擇寫書法的人數還是比較多的，就以我們金門的來說，都是青一色的書法表現。書家在書體的選擇上，篆、隸、行、草、楷無所不包，真是各盡姿態，各顯神韻，這當中又以行草形式表現的居多，這和我先前所想的如出一轍，真是英雄所見略同。（疏懶的人自我解嘲了）至於選擇作畫的人，總要花上比較多的時間的，若是寫意花鳥或人物還好，簡略數筆亦能殺青完稿，最可敬的還是那些選畫山水的畫家了，看著他們頂著耀眼的日頭，又是經營位置，又得兼顧皴法，墨色筆線亦不能不講究，最後還得上色，這一趟工夫下來，一、兩個小時跑不掉。這景況讓我們這些已完成者敬佩不已，自己沒能做到而別人做到了，值得借鏡。

　　當所有的書畫家完成了他們的工作，主持人隨即宣布，要每位作者站在百米長卷的另一頭，再以齊一的口令要大家

將此長卷懸提起來。此時又是另一高潮，只見所有的媒體人無不找著最恰當的角度努力的拍照，這真是一個歷史的時刻啊！「百年辛亥，百位名家，百米長卷」，這所謂的三百活動終於被畫下完美的句點，而我能躬逢其盛，真是太幸運了。

在張家界十里畫廊的百米長卷揮灑現況

揮灑完畢，作者必須站在作品之後並懸起長卷供媒體拍照

大漢隸法

　　大漢隸法書法展，自十月二十二日已經在文化局的第二展廳公開亮相，預計展出半個月。二十來位本會的會友，各以其對隸書的不同體悟，寫下了可觀的書作。這批近七十件的書法作品，不只反映出自己的學習水平，亦可看出心境點滴，更表現出本會的團隊精神。

　　這是金門縣書法學會今年所承辦的最後一次分組展出，本會大致以二十人為一個小組，今年共推出三個分組形式的展次。先是四月份的「楷書風華」（楷書），再是六月份的「筆走龍蛇現新姿」（行草書），接下來便是本次的「大漢隸法」（隸書）。三次展覽的書體全然不同，被編入某一組的會員，必須針對其即將展出的書體，努力的去臨寫練習。這當中有的人已鑽研多年，故能寫得純熟靈便，有的對新書體尚還陌生，仍處在摸索探尋的階段。但不管如何，三個檔次下來，絕大多數的會友，都能盡心盡力的按照學會的規

定，努力的去耕耘，成果不敢說豐碩，卻能呈現出應有的水平，這一點真的讓人頗為欣慰。

　　學會之所以會採取這種專致某一書體的展覽形式，是有原因的。兩年前我曾走了一趟杭州進修山水畫，在那文化底蘊相對濃厚的江南地區，看了不少的展覽。總覺得不論是書法或是繪畫，那些比較高古脫俗的作品，大底都能緊密的與傳統相聯繫，也都有高質量的筆墨技法作支撐。彼時我再回顧自己的學習活動，那幾位站在學員面前的老師們，不只能獨具慧眼的指出學員畫作的缺失，亦能精準無誤的現場示範引導，這片刻的臨場本事，總能給學員深切的印象與啟發，若不是因平日基本功夫絜下深厚的根柢，恐怕是無法勝任的。故而「基本功」的淬練，一直是我不肯也不能放棄的追求。基於這樣的體認，回到家鄉亦想如法炮製。心想會友既已加入學會，即是表示對自己的書藝有所期待吧！那麼藉會友之間彼此的「觀摩學習」來相互激盪，來自我轉化，便是一項不可錯失的選擇。如果這個答案是肯定的，那麼這種針對某一書體的深化與經營的分組展出形態，便有其必要性了。

　　這次的展覽，幾乎是青一色的隸書呈現。展出期間，我只要一有空閒，便往文化局跑，不只一次的瀏覽著牆上的作

品，除了讀讀每個人所書寫的詞語，也欣賞著筆墨的趣味與章法的安排，久了之後便有了一點心得，這裡就簡單歸納出下列數個類型來分享大家吧！

先從「厚重型」談起，寫這一類型者，大抵用筆沉重，墨色亦濃。此中創會會長張奇才先生的中堂前賢八德詩，全篇數百字一氣呵成，另一件篆書對聯：「心積和平氣；手成遠大功。」，有著泰山金剛經大字的樸茂氣象，展現老書法家在書藝上的修為。林瑞蓮女士，亦以連屏的形式臨寫大字金剛經，數百個錯落字體聚集一起，形成一個視覺焦點，字裡行間可以見到作者書寫當時平靜的心情。洪松柏的兩幅對聯：「行修百名立；理得則心安。」和「少言不生閒氣；靜修可以永年。」是以清代書法家鄧石如的筆意揮就，筆法溫厚，字體寬博，有坦蕩氣象。洪壽森的對聯「山色如珪雲自起；林陰成幕月初生。」壽森供職金門陶瓷廠彩繪組，每日在瓷瓶上書寫無數，已練就純熟本事，但他的墨跡能平穩澀進，含蓄內斂，亦屬難得。李根樂寫的對聯「一杯一飲當思得來不易；半磚半瓦恆念創業維艱。」算是相當四平八穩的，他的墨跡融入顏真卿楷書的筆意，筆畫厚重有勁，力透紙背。張清忠一改過往的多字寫法，這回的四件對開紙上，

都只落上兩個厚重的大字，算是給自己一個新的考驗吧！少字書難在章法布局，清忠兄若想在少子書積累，可以多借鏡日本人的寫法。陳有利的四張條幅，有點鄉賢書法家呂世宜的影子，他的用筆沉滯和緩，在金石的趣味上是有心得的，只是呂世宜書法的率、勁、圓、厚，還得琢磨。

其次說「勁筆型」的書跡，寫這一類型者，用筆速度稍快，表現出流麗的特色，但每個人隨著選臨的碑帖不同，其所呈現的面貌也相異。王阿豪分別以篆、隸寫了一首相同的詩：「竹外桃花三兩枝，春江水暖鴨先知；蔞蒿滿池蘆芽短，正是河豚欲上時。」筆趣靈活，動態十足，他早年即沉浸於書畫，練就了深厚的筆墨基礎，經常以繪畫的觀念書寫，故能較不拘束。呂光浯這次寫了兩幅對聯：「飲酒奕棋白處士；彈琴詠史賈先生。」另一為「日邁月征永念所生無忝；嘉粟旨酒常思用享維馨。」兩件作品皆以呂世宜筆意揮就，筆力遒勁，跌宕放逸，算是相當成功的作品。第二幅更是直接臨習其家廟內常年懸掛的對子，有意思的是他的下款寫著：族祖呂世宜書掛此聯於西村家廟，每逢清明冬至敘餐吃頭，皆凝視孺慕不已，今臨之參展，不得一二，慚愧矣！光浯虛懷若谷，書藝必當大進。許文科以兩件隸書中堂參

展，雍容平整，有溫雅之氣，真是字如其人啊！翁文贊寫的隸書四連屏，各以單行完成，字體寫得大，整體效果尚可，惟筆法使力一寰，還有推進的空間。王振昌將遊浙江後心情寫下篆、隸對子各一，其中隸書寫著：「美德善行皆佛性；青山綠水俱禪心。」對子的詞語意境甚好，能藉旅遊豐富自己的文學涵養，當也是學書法的人要修習的課題。振昌的字寫得大，但筆畫卻偏纖細，若能於漢張遷或西峽等一路渾樸的字體去臨寫，他日必當令人刮目相看。陳篤居這回寫了兩幅對聯：「雲山泛畫境；風雨入書禪。」另一幅是「青山不墨千年畫；綠水無絃萬古琴。」內容有著融入自然，天人合一的真趣。篤居書法的路子走得正，不管是楷、行或是今日的隸書，都很儒雅康莊，有大格局。

接下來要介紹的是「溫潤型」的書法。這種書體完全由臨池而來，把自己暫時的放空，一心跟著古碑帖走，不論是筆意、字形或是趣味，皆忠實原帖，久而久之筆墨自然溫潤。洪明標一直以來都以寫大字為樂，其筆法直來直往，毫不修飾，一段時間之後倒也形成一種放逸無畏的特質。這回他收斂了，特地選了石門頌，紮紮實實的臨寫了半年多，他的這件石門頌書作，筆墨舒緩了，畫面也沉靜了，這與他先

前書風大異其趣的寫法，值得大膽嘗試。蔡發色寫了幾首詩詞，能用純粹的隸書筆意寫出這樣的數量，是要在此豎起大拇指的。回想六月初去福州定光寺交流，在書店買書時我還幫他選過帖呢。才半年不到的時間，他就臨得有模有樣，不容易的，希望他能藉此攀高，再向前推。鄭賀文這回交的數量少一些，只寫了一件對開的詩：「山水隨緣好，乾坤日夕寬；偶然成一偈，萬事不相干。」用筆柔中帶硬，少見火氣。她閒暇時亦操弄刀法，刻點石章，故平日也習篆，這回雖然寫的是隸書，但篆意的融入已甚為明顯，書法若想寫得高古，這正是一個方向。陳安全亦是初次習隸，他寫了對聯一幅：「夢中得詠詩無字；醉後揮毫筆有神。」那尚未全然脫去楷意的隸書體，雖不甚靈便，但燕尾寫得平，運筆也能穩健，可見他為這次的展出，是下過一些功夫的，再接再厲吧！我以一件節臨「開通褒斜道」的書作和兩件仿「好大王」筆意的禪詩參展，前者的運筆舒緩，寫得開張一些，因為加了一些篆書的意思，筆畫更顯得圓潤。後者是自運的作品，好大王的字應該還要跌宕一點，我是改採直接了當的寫法，再配上乾濕濃淡的筆跡以求其蒼潤，效果如何？就任觀眾自己去評斷了。

在文化局的展覽結束之後，我們因接受烈嶼鄉洪鄉長的邀約，將在十一月中旬假烈嶼鄉文化館二樓再度露臉，以饗小金門的鄉親。到時候希望當地的朋友能不吝給我們批評指教。

　　最後我要對本次展覽的召集人洪松柏先生縝密的規劃，副召集人洪明標和鄭賀文老師熱心的執行，加上部分參展會友的通力合作，才讓整個展覽有了不錯的表現，這種合作無間的團隊精神，最值得一記，特別藉此表達我最深摯的敬意。

大漢隸法書法展開幕，會友合照留念

會友們參觀書作也閒話家常

二〇一一年「毫光墨香」書法聯展

　　這是本會一年一度最大型的書法展覽活動，不只鼓勵會友要能盡量參加，我們也邀請到海峽兩岸傑出的書法團體來共襄盛舉，目的就是希望能藉這樣一個大規模的展出機會，提升地區的書法水平，也讓從事相關書法創作活動的人，能有一個較為寬廣的交流平臺，達到彼此觀摩、切磋、學習、成長的目的。

　　事實上兩岸三地這一種類型的書法展，在本會已行之有年，陳前理事長添財在這方面投注甚多，已經為此奠定良好的基礎。自我接任理事長後，在既有的基礎上，於去年十月份賡續辦理兩岸三地的書法展，彼時總幹事吳宗陵文思敏捷，特地將展覽主題命名為「毫光墨香」，個人以為這四個字真是神來之筆，能真確的反映出展覽的內涵與深義，故而二話不說的加以採納，今年更繼續的沿用。

　　本次展覽主要包含兩個大面向：其一是十一月十八日下

午二時在金酒公司金寧廠所舉行的「酒墨爭香」揮毫活動。其二是十一月十九日上午九時在縣文化局的展覽開幕茶會以及十時的現場揮毫。

今年在金酒公司的「酒墨爭香」揮毫活動，恰巧碰上從未有過的大雨，真是天公不作美啊。揮毫當天雨勢便持續不停，中午過後那比夏季颱風還要瘋狂的傾盆大雨，更是直瀉而下，毫不留情。二時許我在去酒廠的路上還一直擔心著，這可怕的風雨，絲毫沒有減弱的跡象，待會的揮毫活動恐怕要大為減色了。但到現場一看，情況卻恰恰相反，不只我們的會友出席了不少人，桃園、彰化和高雄書會的友人，亦紛紛的出現在我的眼前，這才讓我一顆懸念的心定了下來，在這風雨交加的日子裡，竟有這許多熱愛書法的人，願意為學會的活動齊聚一堂，以文會友，真是叫人感佩。此時此刻，那句「風雨故人來」的話，特別讓人點滴在心。

不久活動便在司儀吳總幹事和鄭賀文會友兩人的引領之下揭開序幕，先是李董事長清正致歡迎辭，並贈送酒品給參加揮毫的來賓。隨即我也上臺代表書法學會，向李董事長和相關員工表達謝意，並致贈感謝牌。接下來便是臺灣的貴賓和金門的會友，紛紛獻上預先準備好的書畫作品給金酒公

司，因為不斷的有人上臺獻寶，不斷的合影留念，一時之間會場也跟著熱鬧起來了。

當司儀宣布揮毫活動開始後，每個人都不約而同的聚集到長案桌前，先由參展書會的代表起個頭，先各自寫了一張與酒有關的書法。我先揮寫了一件「毫光酒香」的橫幅來呼應今日活動的主題。隨即讓位給其他的人，只見胸有成竹的各路先進，都能當仁不讓的就定位，接著便是鋪紙、執筆、蘸墨、揮灑，務必將其最好的一面呈現給眼前的觀眾，這當中有嚴謹工整的，有不疾不徐的，有激情奮進的，更有龍飛鳳舞的。每個書寫者，不管他用何種形式來表現，都無不卯足全力，因為他們都深切知道，眼前圍觀的人亦都是行家，絕不能有半點疏忽閃失的。而圍觀者又如何呢？他們靜靜的觀賞，那筆法、墨韻、布局、章法自是要看的，而書寫的態度，氣象的大小，氛圍的掌握，乃至成品的視覺效果，亦都在觀照之列。書寫者和觀賞者因為有這樣的一個近距離接觸，兩者之間已經完成了彼此學習，相互啟發的功效，這也是現場揮毫之所以吸引人的地方。

書寫時，酒廠還貼心的準備了高級的酒品，讓在座的嘉賓一邊揮毫還能一邊品酒，當三杯黃湯下肚，人微醺了，舉

止動作也跟著放鬆了，其在書作上的表現更隨心所欲了。這只要從那鋪放滿地，掛滿牆面的新出爐作品便可略知一二，不管是碑體或是帖意，都能寫得毫不拘束，自由自在，真正反映出作者的「真性情」。可見酒在書畫的創作上，確有其不可輕忽的地位。

　　隔天，在金門縣文化局一樓展廳舉辦的二○一一年「毫光墨香」兩岸三地書法聯展才是我們的重頭戲。今年參展的金門籍善書者共有七十人，總件數接近兩百件。邀請外地的書法團體共有五個，總件數亦達六十餘件。這幾天縣文化局一樓的展覽廳，完全被這數量龐大的書法作品所填滿，那琳瑯滿目的各家書體，讓人目不暇給，真可以用「書香滿室，墨趣橫生」來形容的。

　　在金門籍的七十人當中，除了少數旅臺的鄉親之外，絕大部分都是本會的會友。為了籌備這樣一個大型的書法展，學會在今年七月便給會友發出通知，鼓勵全體會員都能提早準備，寫出滿意的書作參加展出。果不其然，由這次懸掛在第一展廳和中間走道牆上為數可觀的作品看來，確實見到了大家努力的成果。展覽期間我經常會聽到的一句話是：「金門人會寫毛筆字的還真不少。」這話讓人特別感到窩心，畢

竟處在今日這樣的一個E化時代，硬筆字都已經不太被使用了，如何還敢奢望於毛筆字？卻沒想到地區竟還有這麼一群「不合時宜」的人，如此默默的以毛筆來書寫，且漸漸地形成一股風氣，先不管它將來的發展如何，影響多大？至少現階段已有了回響，也獲得肯定。當然我們也盼望能藉這樣的不斷辦展，吸引更多志同道合的人，一起來努力，來耕耘這塊既深且廣的墨海硯田。

　　邀請的五個書法團體中，臺灣地區有三個，它們是北部的桃園縣漢字文化學會，中部的彰化縣鹿港鎮半缸書會，南部的高雄市國際文化藝術協會。大陸地區則邀請到廈門市閩臺書畫院和河南省文聯書協。桃園漢字文化學會，除了展現書法藝術之外，特別在篆書體和篆刻著墨甚多，給展場帶來不一樣的視野。鹿港半缸書會強調筆墨逸趣，富於個性的表達，尤其在秦漢簡書體的涉獵，豐富了創作的內涵，值得借鏡。高雄市國際文化藝術協會書體多樣，碑帖融合，顯露出濃厚的文人書風特質。廈門市閩臺書畫院則展現出深厚的傳統功底，書體源流脈絡清晰，顯示其在臨池與創新上的自由自在。河南省文聯書協則是筆墨多變，落落大方，那直來直往的趣味，體現了北方人的性格。

　　開幕的當天，我們也將新出爐的書法專輯，呈現在大家的眼前。不管是會友還是來賓，都對這本新專輯頗有好感。整體來說這本書仍是延續去年的編排方式，尤其是為了與去年的封面設計取得聯結，我今年採用一種比較豪邁的筆調寫下主、副標題，因筆墨裡顯露出一點放逸清雅的趣味，還得到不少讚美呢。內頁部分的編排與去年大同小異，只是參展的會友增加了，頁數也擴充了不少，這倒讓人更容易從書中認識現階段的金門書風。與去年不同的是活動照片改採彩色編排，整本書因有了色調而更活潑了，也讓曾經參加過活動的人，多了一些回味。而在書本的末頁，我們還預告了明年度的展覽計畫，當會友拿到書之後，也同時知道他來年將會參加何種書體的分組展覽，可以事先預作準備，讓未來的表現更上層樓。展覽期間我經常會在簽名桌上擺放這本書法集讓觀眾取閱，隔天再去時，書已全部被拿光了，便又重新補充擺放，明日再去書又全不見了，這件事真的讓人十分歡喜。書籍是用來閱讀推廣的，藉著它我們的影響將可無遠弗屆，所謂「書香社會」的建立，不也正是需要這樣一點一滴，一步一腳印的去積累嗎？

最後我還要懇切地表示，若單憑我一個人的力量，絕對是無法成就這麼大型的展覽活動。總幹事的領導有方，行政幹部的分工合作，各理、監事的協助督促，有關單位的經費挹注……等等，都是缺一不可的，這些都是我當銘記心中的。而最令人欣慰的是，這段時間「會友對學會向心力」的日益增強，才是學會能夠持續成長的原動力，展覽之後，難掩疲憊，但每思及此，這些許辛勞便顯得微不足道了。

李沃士縣長蒞臨開幕茶會

洪理事長向出席展覽的長官、貴賓和鄉親致謝

二〇一一年毫光墨香兩岸書法展正式開始

書法家洪啟義鄉賢解說自己的作品

藝術生根

　　上個月下旬，與明標、天澤走金東海岸，在田浦海邊抵不住強大的東北季風，只好開車來到可以避風的碧山村。此時強風仍是吹得緊，但村子裡有樹林和屋宇的遮掩，風那虛無飄渺的身影只能在樹梢上去追尋了。三人來到一棟破敗的三合院古厝前，他們二人看對了眼，即刻就定位，就這樣心無旁騖的畫了起來。我一邊想畫一邊又禁不住這暖陽，這鄉野情味的誘惑，心想這眼前的美麗都還沒能親炙一下，如何就這般沒頭沒腦的畫了起來？便獨自一人溜達，才沒走幾步路，聽到有孩童在背後「洪老師」、「洪老師」的叫個不停，定神一看，這群天真可愛的孩子不就是安瀾國小的學童嗎？這會兒我才會意過來，原來我已經不自覺地走進安瀾國小這偏遠小學的學區範圍了。

　　眼尖的孩子見我揹著小包包，手裡還拿著一本速寫本，猜我定是來這兒畫畫的，並央求我現場畫一張，好讓他們也

能開開眼界。我不假思索的回到古厝前。隨即便拿起筆在畫本上畫了起來，沒多久屋瓦、磚壁、石牆便一一浮現，又沒一會兒工夫，那自屋子院落裡長出的兩株野樹，也跟著伸入藍天。此時孩子們開始竊竊私語了，怎麼一晃眼，對面的景物便一一的跑到畫紙上？更有趣的是有孩子希望能走近屋宇，讓我也將他們的身影一併收進圖畫裡，這建議我自是要加以採納的，風景畫裡有人的活動，當更生動不是？

結束前我在畫本上記下：「安瀾國小陳翔、陳宇彤、張韻誼、張富定（布丁）、陳靖等五位小朋友在碧山村看我作畫，我亦於當時指導他們寫生要領，時明標、天澤同遊，二〇一一年十一月二十日下午。」三天後我到這偏遠的學校上藝術生根的課，特別告知小朋友這件事，因為事件裡有自己的同窗，孩子們便顯現好奇了，爭著要看那張畫，整節課裡正是因為有這一特殊事件，引出了孩子的學習動機，故上起來特別帶勁。

會到這所偏遠小學上課完全在我的意料之外，前年二女兒說安瀾國小的楊蕭正校長，想推動他們學校的書法教育，希望我能協助。印象裡我只知道要去民俗村的途中，有這麼一個袖珍型的小學，至於這學校長得什麼模樣，我一概不清

楚,我猶憶起第一次開車去上課時,還有點擔心找不著呢,一路上還不時的想著,這以當年駐軍師長名字命名的學校,總不會還帶著那麼一點「戰鬥」的氣息吧?待走進學校,一層樓的校舍面對著空曠的校園,四周被綠樹包圍著。有五、七個孩子正在操場上玩耍、追逐,這地廣人稀的景象,確實有點寂寥,但也讓人不得不羨慕他們擁有的寬闊天地。整個校園給人的第一個印象是開朗的、是樸素的、是靜謐的,是與世無爭的……,可以說這空闊寂靜的氛圍,真的與海島家鄉的自然景觀、人文情事非常協調、相契。

再是楊校長為人懇切,態度謙和,相當禮遇我這教育界的「逃兵」。每回上課一定是先泡好一杯茶水,還說這帶蓋的杯子,是專門替我準備的,這更叫我受寵若驚了,都還沒開始上課就如此「厚禮數」,往後若教得不盡理想,將如何面對?此外還經常重複著那句:「讓你跑這麼遠來教我們的小朋友,真的很不好意思。」我直說:「不打緊的,書法教育和我的生活似乎已分不開了。」其次是教導主任曼瑩老師,年紀輕輕就當上主任,很不簡單的。從她身上散放出來的教學熱忱,讓人看到國民教育的光明前景,她不只英語教學專業,音樂也是一級棒,資訊、書法亦不弱,確是一位才

華洋溢的老師。當我教孩子書寫時，她也一起協同指導，偶而亦揮毫一下，其筆法、字形皆能如法，為此我曾玩笑地說：「你寫得真好，可以自己來教的。」我的書法教學偏重在兒童基本功的磨練，需要不停的耳提面命，而學生則要以不斷的反復練習來配合。此外，還得不停的按照我批改的要點去訂正、補救，教法難免枯燥平淡的，而她竟能巧妙的左搭右配，製作出一個內容十分活潑生動的教學檔案，在年度的評核展覽時去播放，看過後還真的要豎起大拇指的。這平淡無奇的書法課，被她裝扮得如此花團錦簇，熱情洋溢，真的叫人大感驚喜。

我的書法教學是按著筆法、字形和行氣（章法）三個進程，依次循序漸進，因為孩子有個別差異，所以必須以個別指導的方式進行教學，每回上課不是我走近學生，就是學生將寫好的字，依序列隊的拿來講臺讓我批改。這時候教室裡就形成了一個稍顯「動盪」的局面，些許的吵雜在所難免。但此時此刻我總還能不受干擾，神態自若的批改解說。其中最大的功臣，應屬幾位隨班協同教學的導師了，他們和孩子日日相親，已經有良好的默契，只要一個眼神或手勢，孩子便知道該如何了。想到我可以全心全意教授書法，而不必把

常規管理一事放在心上，這樣的教學真是輕鬆愉快啊。這藝術生根的課程，如果學生還真有一點受益，那麼他們最要感謝的人，應該就是自己的班導師了。

去年放寒假之前，為了增加年節的氣氛，我特別安排了一個春聯書寫的課程，因為平日我便嚴格地要求孩子懸腕寫字，所以他們寫起春聯來毫不費勁，有的孩子甚且寫出趣味，至下課鐘響還欲罷不能呢。結束之前我將一些春聯張貼在黑板上，另一些未能貼上的則由學童自己用雙手拿起。再邀校長、老師一起合照。每回看到照片裡紅豔豔的春聯，輝映著孩童朵朵燦爛的笑靨，除了讓人感受到一股濃濃的年節味之外，更感染到一種生命的活力。孩子如初生的太陽，也只有與他們相處過後，才讓人特別有這樣的體悟。

今年初楊校長又有新點子了，有一天他拉著我：「洪老師，你去杭州學了水墨，是否可以教我們的學生，也用水墨來表現這裡的山山水水？」乍聽之下我除了意外，尚感畏怯，畢竟我的杭州學習之旅只是為了豐富自己的畫藝而已，毫無傳授推廣之念。何況中國美術學院重視臨畫，臨畫是一種壓縮自己，呈現別人的學習過程，我如何忍心讓想像力豐沛的孩童受到拘束呢？但回頭一想，教法何止千百種，我又

怎能一味的墨守成規呢？只要不壓縮學童的想像力，這件事應該還有商榷的餘地。更何況去年夏天結業之前，幾位與我較熟悉的老師，都曾派功課給我，要我回家鄉找機會去推動，把中國美術學院的這套本事散播出去。如今校長的要求，不正是成就我的另一個因緣嗎？

這學年學校先以高年段的學生讓我做實驗。為此我將平日所拍的照片挑選了一些，以A4大小的紙張列印且加以護貝。正式教學之前我跑了一些平日畫過的「景點」，包括海岸、碉堡、風獅、聚落、樹林，分門別類的在速寫本上畫了一回。上課時先將照片給同學欣賞，並介紹它的背景資料，來增加孩子的興趣以及對景物的理解。稍後再展示我的速寫簿，一張張的翻閱，孩子們也看得入神，紛紛提出問題，包括用何種材料畫的？花多長的時間才完成？畫中的景物在哪裡？出去寫生時有無同伴？嘿！問題還真不少，但若能從這堆雜亂無章的問題裡，引發出孩子的興趣，也是值得的。當他們興致達到一個高點時，我又展示幾件去年在太行山寫生的小幅水墨，這下我瞄到有人伸出舌頭，有人張大嘴巴了，至此我知道孩子有感覺了，便趁機告訴他們，將來要學習的畫便是這種以毛筆蘸水調墨的繪畫形態，這樣的畫就叫做水墨畫。

接下來學生繳交事先規定的素描稿，看過之後覺得大多數人的問題出在章法，出在概念化的圖像太多。最明顯的例子就是景物過於對襯和「棒棒糖」形式的樹木太多了；前者易流於呆板，後者則是圖像空洞化，缺少孩童應有的那一份童趣。為此我必須讓孩子拿出紙筆，並在校園裡找幾棵樹，讓他們直接面對實景，一切從「觀察」開始，經由仔細的比較之後，在「異」與「同」之間找尋客體各自的特徵。果然一經提醒，學生便大有斬獲，看到孩童畫得津津有味，我的心也跟著舒坦起來。然後我再照著他們的畫稿用毛筆簡單的示範，我盡量的讓手中的筆，能在宣紙上表現出「皴」、「擦」、「點」、「染」的筆墨效果，這一過程我暫且不一次做完，畢竟學生才是主角，他們看過示範，能勇敢的握筆去畫才最緊要。繪畫一事沒有絕對要怎樣或不怎樣，只要是可以構成一幅好畫的任何元素，都是可以被接納的，這尤其在兒童畫的指導上更得留意。

現在水墨畫的課，正按照我的規劃一步一步的向前推進，可喜的是孩童的學習興致一直都很高昂，這態度亦相對的激發我對教學上的思索，豐富了我的經驗，總體來說還是成就了我自己。

我因書畫的關係而走進安瀾國小，這段因緣來得意外也彌足珍貴，但願這群與我相處過的孩子，都能學出快樂，學出自信，也學出期待。

我將安瀾國小的學童繪入畫本裡

紅豔豔的春聯讓孩子的笑靨更燦爛了

來去西口

　　二月底某日，當我正在西口國小教藝術生根的課時，承辦人林麗姿老師告訴我：「學校有些老師提議，希望能請洪老師為大家上書法課，以利平日教學。」記得去年此時，也曾經利用週三下午去為老師們上過課，彼時我完全是以唐代歐陽詢的楷書作教材，經過三次的引導後，他們都能寫出一件四尺對開的楷書作品，效果尚好。但這一次我不想如法炮製，總該來點不一樣的，否則人家恐怕要說我就只會那麼一套。

　　主意拿定之後，這次我帶了一大堆的字帖，中國書法的五大書體：篆、隸、行、草、楷，每種字帖都帶了數本，我準備讓這群有緣和我一起研習的老師，能來一次各種書體的體驗活動，並從中獲得樂趣。開始時，我先寫了大篆，再是石鼓文，最後才是小篆。書寫當中還不時的提示各種字體的要點，像是大篆筆畫要渾厚，伸縮自如；小篆雍容華貴，字體偏長對稱；石鼓則是大小篆之過渡，兼具二者之特點。

寫完後，馬上將不同的字帖各影印一面，讓老師們用九宮格即刻練習數字，我再根據他們所書寫的加以點評。當然這中間，有人是羞澀的，因為從來沒這樣嘗試過，但大體上除了筆畫不是那麼靈便純熟之外，其他該有的要求都做到了！接下來的隸書體，我亦如此施教，僅強調隸體的寬扁形式和燕尾特徵，這回老師們因為經過篆書的體會，寫起來就篤定多了，趣味性也增加了，他們大致多能從書寫當中，領略到不同書體的特性，譬如：乙瑛的溫潤，曹全的勁麗和好大王的樸拙。當老師們的興致正夯的時候，時間卻已近尾聲，我本要再接再厲，繼續講解行與草，但校長不忍讓我太辛苦，要我即踩煞車，可以早些休息，我只好聽命行事，其他的書體就待下回再詳細介紹了。

　　有如此認真的老師，學生必然是不差的，而實際的情況亦是如此。因為我已來這學校上過半年的課，這裡的孩子不管在反應、領會和學習興致上，都顯現出令人意想不到的蓬勃朝氣，讓人不得不對這島外島的偏遠小學，多投注一些目光。

　　我之所以會來這學校，完全是二女兒的關係。二女兒前幾年曾經在這裡服務過，與麗姿老師經常聯繫，她從女兒處

知道我在杭州學習的事，半年前特地經女兒轉告說他們的吳校長，希望我能撥空渡海教學生水墨畫。乍聽之下我並沒有答應，只以路途偏遠，給予婉拒，但一旁的太座聽到後，卻頗不以為然，認為這「本事」若能薪傳，意義自更深遠，如何就這樣拒人於千里之外？何況偏遠的人事物，更須留心，更得照顧。這三言兩語一下子叫我啞口無言，只能恭敬不如從命了，就讓自己「勉為其難」的走這一趟路吧。

第一學期時，水墨畫本來就要開步走的，但我想到「書畫同源」這回事，藝術生根多少總要有那麼一點「專業」的味道吧！那我如何就這樣讓孩子去信手塗鴉？還是先看看小朋友的字再說吧，書法基礎好，畫起水墨就相對的容易一些。

事實上在我去西口之前，學校曾經亦聘請過有專業素養的老師來教過小朋友寫字。故而在指導時，明顯的看到孩子的筆法、字形乃至篇章的行氣，都有一定的水平，我只要根據這既有的基礎，持續前進就是。只是在教導的過程中，我發現有一些孩子，確實無法進入那雍容經典的唐楷字體，為此我修正了教學策略，選取了一些魏碑書體，讓學生試著臨摹。魏碑對應於唐楷來說，是比較自由而活潑的，也顯露出較多的個性，孩子只要抓住那誇張的方筆特點，便解決了大

半的筆法問題；只要再抓住那略顯緊致，略帶側勢的結構，便又解決了大半的字形問題。初始孩子是忸怩而不習慣的，切筆不敢切，壓筆不會壓，那魏碑所特有的誇張趣味一直出不來，但經過我一而再的分析、解說和示範後，孩子便慢慢的有所體悟，我經常掛在嘴邊的那句：「放膽寫去，寫壞了不用怕，有老師在呢！」似乎起了作用。這回教育局的期中訪視，委員們看過擺放教室四周的不同楷書字體，都表情詫異呢，他們一定料想不到在這偏遠的學校，竟有如此豐美的書法面貌吧？

那天訪視委員來的時候，我正在上三年級小朋友的書法。這一班是相對活潑而有趣的，每次上課前他們都會迫不及待的跑過來，向我問東問西的，當他們知道這學期，我正在指導高年級的水墨畫後，便經常央求讓他們看我帶去的速寫本，我一頁頁的翻著，他們便哇！哇！哇！不停的叫著，那份驚喜和天真的模樣，真的使人開心，我經常就是這樣跟他們無厘頭的童言童語直到上課。上課時全班起立，向我行禮時還很整齊劃一的送上一個「老師，你很帥」的口令，並同時配上誇張的手勢，這舉止讓我受寵若驚，直覺孩子們真是天真無邪，太可愛了。

可愛的孩子往往最善解人意，最知輕重，當委員們看著每一個才僅只九歲的孩子，都能挺直腰桿，正襟危坐地懸腕書寫時，確實覺得不可思議。當時就有委員走過來問我，這書寫的景象太美了，到底要多久的時間才能有如此的局面。我回說我第一次來的時後，便如此要求，就已經是這樣的「局面」了。我經常的向孩子們強調：「字要寫得好，總得一段時間，但正確的執筆和姿勢，則是馬上可以辦到的。」孩子相信我的話，也能努力配合，自然就水到渠成了。

點評他們的作業時，先找出優點，給了大大的紅圓圈，以示鼓勵，接著再針對最須改進的地方，示範給他們看。但孩子更關心的是等第，當要下筆的那一刻，他們會急急著說出甲、甲、甲，我很明白孩子的意思，慢條斯理的寫了一個「甲」字，此刻歡呼聲四起，就在這節骨眼上，我又不聲不響在甲的下方加了一個「上」字，這下他們的情緒更high了，嘴裡還一直說貼上、貼上，我能不照辦嗎？當佳作張貼在黑板上時，孩子的笑容真是燦爛到不行，我也感染到這滿滿的歡樂。

我想鼓勵和掌聲是教學的一劑良方，也是建立孩子信心的最好方法，人未來會如何難以預料，但有信心的人，必

定更能面對風雨。這節活潑的書法課，氣氛太夯了，也太有fu了，難怪又有委員說：「這麼活潑的書法課，還真是少見呢。」我只能感謝孩子的配合，才半年的時間就建立這麼好的默契，真是難得啊！當然這中間絕大部分的功勞，都應記在他們導師的身上，因為每回的協同教學，若沒有導師對學生那種親切的鼓勵和輕聲細語的陪伴，不可能有這樣的結果。

接下來是上六年級的水墨，這個學校緊鄰西方村，只要走出後門就可以面對一大堆的閩南式古厝，村內玄天上帝廟的前方民居，右側屋簷塑著一隻風雞，左側古厝的牆裡則藏著一隻小而美的風獅爺，不遠處的民家屋頂還有另一隻瓷燒的風雞呢，小金門被稱為風雞的故鄉，真是實至名歸啊！繪畫的材料如此豐富，不留下記錄，確實可惜！

上一次我才帶領著孩子在村莊裡畫過鉛筆素描，初始的時候，學生當然是一臉茫然，但通過我的解說和現場示範，學生也就稍有理解，然後我讓他們解散，各自去找想畫的景物。我則四處來回奔走，針對不同的景物給予學生個別的指導，看著他們由生疏而漸漸地熟悉，我一顆懸念的心，才慢慢的定了下來。指導寫生最緊要的事，就是要讓孩子很清楚

的知道如何在平面的紙上，表現出複雜的空間關係？為此我先得引領學生觀察，眼見為憑之後，才可避免概念化圖像的出現，破除慣性的思考模式，也才能畫出有感覺，有趣味的圖畫，幸運的是兩節課下來，幾乎每一個孩子都能畫出一張不錯的素描稿。

有了底稿之後，緊接著的水墨教學就方便多了。在我示範之前，先給小朋友介紹各種用具，包括狼毫筆一支、墨條與硯臺各一件（我自己使用，孩子則以墨汁代替）、兩個白色瓷碟（調墨用）、水盂、舔紙等。示範之初，我亦拿出自己所畫的風獅素描，先向學生說明即使是這張圖稿，也是僅供參考，作畫的人可以按照現況的需要加以「取、捨、增、減」。下筆之前又特別強調，務必先以「乾筆淡墨」入手，這將有助於後面的整理與修飾。第一次的示範，我故意以稍微放逸的筆法草草揮就，在短短的數分鐘之內，就將風獅的形態呈現出來，陰乾之後本可在上幾層墨色以增厚度，但我卻就此打住，不畫了。學生個個面面相覷，怎麼不把圖畫完呢？我說初學的人最怕的是「沒膽量」，剛剛我在畫的時候，已經把作畫的膽量叫你們看了，你們還怕什麼？回到座位，放膽的去畫吧！

　　孩子一窩蜂的回座，有模有樣的照著我示範的步驟一路的畫去。從他們專注的神彩表情，我知道此刻他們的內心正在探險，便刻意的不去打擾，只不斷的隨隨口說著「好」、「不錯」、「很勇敢」、「有想法」，孩子愈畫愈起勁，愈畫愈有精神，甚且到了欲罷不能的地步。快接近尾聲時，我先相中幾張特殊的畫，問學生如果這裡或那裡能添加個什麼，是否會好些？待學生完成之後，我再「亮」出那幾張畫，果真比先前好看許多。另有一些畫得不錯的，我要他們暫且停住，拿到講臺桌去，然後我再根據這些畫的特點，簡略的塗抹幾筆，這時候被我改過畫的孩子，總會冒出這麼一句：「老師，我的畫怎麼都不一樣了？老師好神啊！」我笑道：「不是老師神，是你畫得好，有天份，老師只是錦上添花而已。」此種鼓舞的話語，一直不停的在教室裡迴盪著，……。我喜歡用這種輕鬆的方式給孩子們上課，更愛在這種愉快的氛圍裡，去點燃藝術的火種。

　　這些日子在西口國小，承蒙吳水澤校長放心的讓我去經營這樣的課程，吳明治主任親切的招呼，更有麗姿、增倫和夢萍等老師跟著我一起協同教學，忙得團團轉，真的十分感

謝。我想這藝術生根的課，若還真有那麼一點口碑的話，那校長和老師們的支持與辛苦付出，才最是關鍵。

孩子們聚精會神的看著老師的示範

學生們用水墨的方式畫出喜歡的風雞和風獅爺圖像

壽宴

　　某日當我還沉浸在舊曆年的歡愉當中，臺南老友宏霖兄突然來了電話，說是南師時代的王家誠老師農曆正月十四日生日，他的女兒要為他老人家做八十大壽，想邀幾位當年比較親近的學生來參加，希望我也能去。一般來說舊曆年期間我是很少出門的，只因去年十二月中旬，為了吳宗陵的書法展，我曾走了一趟臺南並拜訪了老師，看見老師坐在輪椅上，因長期受糖尿病的折磨，不良於行，視力也模糊了，這情境讓人心中頗有感傷，所以便一口答應。

　　壽宴設席在大億麗緻的飯店內，它正緊鄰臺南市新光三越百貨店，格局宏偉，氣象新穎，心想這一帶有著如同臺北市東區的流行色調，應該是屬於比較高級的消費場所吧。走近地下樓，再由服務人員引領，王老師的兩個女兒站在門口迎賓，老師則在室內面帶微笑的與親友答禮，我們幾個學生一到，便紛紛的湊近他的耳邊，先報上自己是誰？來自何

方？畢業於哪一年？希望老師能在最短的時間裡記起來，事實上老師除了雙腿與視力明顯衰退之外，他的腦力可好得很呢，當我跟他說來自金門的某人時，他笑著：「金門的地雷清理得怎麼樣，還危不危險啊！」我趕緊回道：「清除差不多了，金門現在可是一個名副其實的世外桃源呢。老師要加油，把身體養好，咱們到金門玩。」這番話讓他笑得很開心。

此刻，細心的宏霖見牆上無半點賀辭之類的祝壽語，似乎少了一點主題和喜氣，便悄悄的將事先準備好的壽軸在老師面前攤開，並懸掛在老師對面的牆壁上。橙紅灑金的宣紙上是我事先用隸筆揮寫的大字：「師恩永造；松壽長年。」上款寫著：王家誠教授八十華誕誌喜，下款則是：壬辰元春，六三級學生蔡宏霖撰句，洪明燦敬書。因寫得工整而又不失豪邁，在座的人還頗有稱許呢！這張壽軸張掛之後，氣氛也跟著熱烈起來，只見親友和學生們，紛紛靠向前去同老師合照，並附在耳邊說了好多的祝福語，整個室內頓然喜氣洋洋了起來。

事實上老師這回所邀請的學生並不多，來參加的幾位都是我當年所熟悉的：六三級畢業的有盧明教夫婦、蔡宏霖夫

婦和我，六五級則有蕭瓊瑞夫婦和李進發，很自然的我們幾個人便坐在一起。邊吃邊談之間，話題都離不開南師時代的點點滴滴，離不開自己喜歡的美術，這往事當年的話匣子一經打開，總會說個沒完沒了。想起那紅樓身影、那筆直壯碩的椰子樹、那吆喝聲不斷的光武球場、那近千人聚集進食的大餐廳、那五顏六彩的寢室……。這些過往的回憶，若要娓娓述說，三天三夜恐怕還不夠用呢。但諸多的往事中，最讓我們難以忘懷的，正是那間陳舊不堪的美術教室了，當年王老師就是在那裏傳述他的理念，並將這群尚屬懵懂無知的孩子，一個一個的帶到美術的世界裡。

我猶記得第一回去美術教室時，心中頗為忐忑。殘存的印象是我人走到窗外，見高頭大馬的老師正在示範水彩給同學看。此時室內人多，笑聲不斷，但一顆畏怯的心，卻讓我停滯不前，只能在窗邊探頭探腦，想進去卻沒那個膽量，要離開又捨不得。正猶豫之間老師發現了我，笑瞇瞇的說著：「外頭的小朋友是誰啊！為何不進來一起玩呢？」這親切的招呼，真的讓我渾身溫暖，也才放心的走了進去。那一回我看到老師清晰的解說，看到學長們勇敢的塗抹；美妙的圖像正在變幻，輕快的樂音亦瀰漫在空氣裡。這輕柔的氛圍讓我

也不自覺的鼓起了勇氣，跟著擺上了畫架、畫板，對著眼前的一束瓶花靜物，怯生生的畫了起來。就這麼一個簡單不過的動作，使我一而再地走進美術教室，走進了繪畫的世界，更走進了我往後數十寒暑的筆墨生涯……。

看著老師垂垂老矣的身影，雖然頗多感觸。但一時之間和同學的「閒話當年」，倒也喚回了老師年輕時英姿煥發的印象。生命的老化是一種自然的現象，這任誰都閃躲不了的，但做為一個人，重要的是要在適當的時機，對別人和社會做出貢獻？老師平日熱心教學，深受學生愛戴，更可貴的是課餘之暇，還全心全意地投入書畫理論的研究，其書寫之勤，著作之豐，在臺灣的藝文界，深受肯定，已有崇高的地位，這成就正是我們學習的標竿。自己平日也喜歡塗塗寫寫，十多年來亦斷斷續續的出了四本文集，退休後亦接受邀請，長期赴學校傳授書畫知識，提升家鄉的藝文水平，不確定這些是否全然受老師的影響，但冥冥之中似乎有著老師引領的痕跡。就如同進發學弟席間所說：「到這個年歲，我們還能保有對美術的一點熱情，確實很不容易。真的要感謝南師歲月，更要感謝王老師當年的諄諄教誨。」我想這應該是一句大家心中最想表達的話吧？

回過頭，我們看到面色蒼白的老師，正在同他人說笑著，今天有這麼多熟識的人同他說話，他自然是很歡喜的。而我能躬逢盛會，享受這難得的甜美時光，心裡真是很滿足也很感恩。

王老師與我們六三級畢業同學合影

這是蔡宏霖同學撰句,作者書寫的祝壽辭

郭柏川紀念館

　　每回去臺南，我都想去探訪郭柏川紀念館，但總不能如願。之所以有這樣的衝動，是因為四十年前，我曾跟過郭老師學習過半年的石膏素描。

　　去年底的那趟臺南行，我和美珍與南師同學宏霖夫婦和畫友啟元兄在市區開車兜風，一路上還拿不定到底去哪裡的主意？此時車子正通過臺南公園，啟元兄突然靈機一閃的說：「郭柏川紀念館不就在附近嗎？要不現在就去。」宏霖回道：「今非假日，不知有否開放？試試看吧！」隨即把車子停在公園對面的空地上，幾個人便走進公園路321巷，左轉後再右彎，紀念館就矗立在眼前，但今日大門深鎖沒開放的。只好悻悻然的在紅色九重葛花攀爬的圍牆外合照留念，再等待機會吧！

　　今年初我又來到臺南參加王家誠老師的壽宴，席間碰到郭柏川的女兒郭為美教授，我特地趨前向她敬酒，並毛遂自

薦的說自己曾經也跟過郭柏川老師學習素描，為此她告訴我郭柏川紀念館今日有開放，何不餐後去參觀！真沒想到這機會來得如此快，那天下午宏霖、明標和我三人便又走了一遭。

今日臺南的太陽特別溫暖，站在這棟日式建築之前，給人一種舒坦自在之感。走進玄關，一幅用紅色灑金宣紙寫的對聯：「柏公高瞻創南美；川派廣潤遍臺灣。」表達南臺灣美術界對他的敬重。但這幅對聯卻讓我有不同的理解，如果我曾來這學習半年，也能夠算是郭老師學生的話，那川派廣潤就不僅只遍臺灣了，金門當也在他的潤化之列。

進了室內，先是見到一張老師的「畫家年表」海報，列出老師一生重要的美術事蹟。老師早年留學日本，進東京美術學校西畫科，留日期間深受日本當代美術大師梅原龍三郎之賞識，兩人關係亦師亦友。之後離開日本前往大陸，任教於國立北平師範大學和國立藝專，與齊白石、黃賓虹等國畫家交往甚篤。民國三十八年返臺南定居，任臺南工學院（今成功大學）教授，不久創立「臺南美術研究會」（簡稱南美會），膺任會長。其一生都奉獻在美術創作與美術教

育上，在臺灣近現代的美術運動發展史上，具有舉足輕重的地位。

　　畫室的牆上掛了幾張老師油畫的複製品，看那簡略的構圖，硬挺的筆線，粉紅、橙紅、純白和淡藍的色澤，組合成一張張非常獨特而有個性的畫面。這幾張畫雖只是複製畫，但細細品讀亦頗令人流連忘返。這欣賞之際讓我不自覺的回想起當年的學畫經驗，那時我正升上師專五年級，二十歲還不到的年輕小伙子，每回我進了門，便二話不說的擺上畫板，對著眼前的石膏像塗抹了起來，老師先是走走看看，不給意見，不下評語。過些時刻，可能是看我畫得不像話了，便用捏著的手指，輕輕的敲著我的頭殼，要我起立，他則直接的拿了我的炭筆，雙腿張開像個武士般的坐在我的位置上，改畫之前還經常會說這麼一句：「要做為一個藝術家，要拿出你的個性，要有好的眼光和靈巧的手。」修改時還不時的喃喃自語著：「一座石膏頭像，被你畫成金屬，畫成木頭，就是見不到石膏的影子。」這時候只見老師的五個手指甚且整個手掌，不斷的在紙上沾沾抹抹，嘿！才過不了多久，石膏的趣味便出來了，那是我第一次對「質感」這樣的概念有了初步的理解。跟從老師學習，豈僅只是學畫而已，

它還能學到一種畫畫的「氣勢」，學到期許和無止盡的奮發精神。

只可惜天不從人願，當我正準備抓住師專的最後一個學期，好好的在老師的身上多挖一些寶礦時，老師竟然於一九七四年一月二十三日（農曆正月初一）與世長辭。從此我便不曾再走進老師的畫室，只能從老師的畫集裡去體會、揣摩，去感受老師藝術精神的偉大與不朽。

正思索間，為美老師偕梁秀中教授正自外頭返回。見我們看得入神，亦加入談話的行列。因為美老師的油畫和粉彩也正在另兩個房間展出，便邀我們一道欣賞，也才知道這紀念館剛修整完畢，第一個展出檔次就以自己的畫作起個頭，做兒女的能如此的克紹箕裘，真的叫人欣羨。為美老師留學西班牙，在國立藝術學院作育英才無數，現已退休。她的畫亦有簡潔之美，色彩亮麗柔和，很能反映出女性畫家那份天生的纖柔性格，她的畫真的讓人看得沉醉，就好像墜入無限溫柔的美好時光裡，不想醒來。

熱心的為美老師還替我們倒了茶，並一一的為我們解說展出的畫。我喜歡聽她解說，因為每張畫那背後的創作動機真是精彩絕倫。例如她畫人物，當模特兒費盡心思，尚無

法達到她的要求時，她便會讓彼此休息片刻，喝個咖啡聊個天。但此時若模特兒突然一個不經意的姿態被相中，為美老師便會即刻抓緊這難得的機會，大膽的揮灑，一幅好的作品就這樣產生了。再如她畫的茶花，是她長期栽種之後，對茶花的整個生命過程充分理解，才去下筆的。室外寫生的花朵，因有各種外在條件的影響，她畫得真實，線條也用得硬挺，光線也細膩多變；但摘至室內擺設的茶花，則用色輕柔單純，富於詩意。同樣的素材，卻能以不一樣的心境應對，這不只豐富了畫作本身，亦讓人看到畫家在創作的當下，那繁複的心理起伏和完全主導情境的氣勢，這一點確實頗有乃父之風。

賞畫過後，我們又在屋後的院子流連了一會，見一池子裡有十來條色澤豔麗的錦鯉，自由自在的來回游著，狀甚悠然。另圍牆邊有兩棵高聳的椰子樹，一彎曲一筆直，兩相對照，天衣無縫，這些都是可以入畫的美景，只是時間已晚，只能用相機草草拍下，他日好追憶。

回到車內，宏霖笑笑的對我說：「老友，現在你該心滿意足了吧！一趟紀念館之行，不只給你重拾了舊夢，又讓你看了另一個精彩的展覽，還能同作者深入交談，真是收穫

滿滿啊！」這話語真是說到我的心坎裡了，但這種深刻而令人感動的旅程，若不是有您這位好友的引領，又如何能實現呢？

郭柏川紀念館畫室一角

郭為美教授熱情洋溢，我們相談甚歡

鹽水蜂炮

　　宏霖這回邀我去臺南的另一個誘因就是鹽水蜂炮。電話中他說：「老師的壽宴是農曆正月十四，那隔天我們就可以『回』鹽水去體驗蜂炮的威力。」他這個「回」字是有意義了，宏霖的父親早年從澎湖遷居到臺南縣的鹽水，自小他就是在鹽水長大，鹽水對他來說有著童年的回憶，是他在臺灣本島的真正故鄉。我這些年雖也去了幾趟臺南，也曾隨他走進鹽水，畫鹽水老街，並與那有二百年歷史的橋南打鐵店老闆抬槓，辯說金門和鹽水的鋼刀，究竟何地比較優質？但幾次造訪都不逢過年，只能見到靜態的市容，這回蜂炮的活動，一定可以為我帶來另一番感受的。

　　去鹽水之前，我們又沿途跑了幾個地方，當然都離不開「古色古香」的趣味，像是廟宇、宗祠、紀念館之類的景物。來到鹽水還不到下午五時，宏霖把車停在城外的馬路上，說是今夜的鹽水越晚將越美麗，到時候人山人海，城中

的道路必然壅塞不堪，停在這兒想走就走，不受牽制。接下來便是走路進城，只見馬路的兩旁擺了不少攤位，賣的東西完全和晚上的蜂炮活動息息相關，全罩的安全帽不用說，其他像口罩、手套、毛巾、繩子等。這清一色的防護用品，讓我的心中愈感發毛。走沒多久，又見有商家在門口擺放去年被炸過的厚棉衣，那千瘡百孔的悲慘模樣，讓我不得不拉著宏霖猛問，到底危不危險？老神在在的他只是抿嘴笑笑，輕鬆的說：「你自金門來，『八二三』都經歷過了，砲彈鑽過你老家床底都不怕的人，還擔心這小小的蜂炮？沒在怕的，跟著我走就對了。」

因時間還早，便先去拜訪他的一位親戚，一見面親戚便問我們，到底帶了什麼防護用具？宏霖嫂亮出事先準備好的口罩、毛巾。這時親戚笑開了說：「如果不『犁蜂』（閩南語被蜂炮炸之意），站在遠遠的地方觀賞這倒行，若想犁蜂，非有全罩的安全帽不可。」隨即在後院找來四頂帽子，要我們非得戴上不可。這下我更擔心了，人家在地的人都如此戒慎恐懼，我如何能不怕？只見宏霖還是一貫的神態自若，我也不好再說什麼，但心裡總是嘀咕。

正說話間，門外的大馬路上炮聲四起，便探頭看去，

原來那不是蜂炮,只是普通的鞭炮,是對四面八方來參加盛會的王爺的歡迎儀式。炮聲過後,只見無數的信眾,自成一列的伏首面地,跪拜路上,是想讓稍後抬過來的神輦自頭頂通過,這叫跪轎下。見此情景,我也入鄉隨俗的加入行列,祈求神明保佑了。此時我的手機突然響起,原來是太座從金門打來的,說小姨子的一位朋友去年參加了蜂炮活動,也做了完善的防護措施,但就是被一只沒長眼的蜂炮從脖子竄入臉部,傷到眼睛,現在是一眼失明,問我還要去做蜂炮體驗不?但此時此刻我已經掉入人海裡,激情歡笑的群眾一波一波的擁上來,誰都沒在怕,我又何必庸人自擾,擔心個不停呢?

　　來到武廟前的廣場,各路的神明已聚集一起,我看到所有的神明,都安座在不鏽鋼製作的神輦上,這當然也是為防火而設。宏霖說待會所有的神輦會分三路出發,當兩座神輦相遇於馬路上的炮臺時,裝在炮臺裡的蜂炮便會隨即射出,你看那些神輦推手,個個有著厚實的穿著,自頭頂至腳底裝備齊全,他們站在烽火的第一線,護著神輦不逃避,為了自保,也只能背對著蜂炮發射的方向,任由掃射了。

　　晚上六時二十三分時辰一到,神輦按規定的路線出發,我們亦隨著人群前進,就在武廟前的十字路口,碰上了第一

回的犁蜂經驗。當時路口上擺滿了攤販，販賣著各式各樣吃用的物品，人來人往的遊人擁擠到不行。突然一陣白煙自路口的中央直向高空冒起，這是一個信號，表示不久之後這裡將有蜂炮發生了，等到白烟慢慢散去，隨之而來的又是一陣火紅的蜂炮，亦是沖向天空，說時遲那時快，當你還沒會過神來，那些炮臺上成30度角的蜂炮，隨即集中火力，凌亂的向四周掃射，這一刻也正是我們在電視上看到的蜂炮景象，它大約要持續個數分鐘。在這危亂慌張的時刻，即使是站在後面外圍的人，也要會立刻背向烽火，迅速蹲下，因為這些亂竄的流彈，正是意外事件的根源，我猶記得蹲下的那一刻，身旁仍不時有火花飛過，幸虧沒被打著，否則後果堪虞。這第一回有驚無險犁蜂過後，所帶來的驚喜與刺激，將使我終生難忘。

有了這第一次經驗之後，我們的膽子也大起來了，便跟著人群沿著馬路找刺激。一路上又遇上幾次蜂炮施放，其程序與首回如出一轍。當熟悉這個步驟之後，便能篤定何時才最需要閃避躲藏，心中也就不慌亂了，尋找蜂炮的刺激和快感亦隨之提升。只是好不容易來這一趟，卻沒能像推輦的信眾那般勇敢，心中亦有些缺憾，但畢竟那是屬於年輕人的專

利，像我這樣快步入老年的人，還能如此跟著來自各地的年輕朋友，蜻蜓點水式地玩上一回，也不容易啊！想起來還真有點自鳴得意呢！

回程時，車到七股的路上，右前方的天空一片火紅，我說那裏又在放烟火了。宏霖說那是七股媽祖廟的位置，今晚也有蜂炮的活動。不一會叉路上的機車一部部的飛奔上來，這龐大的車陣侵占了所有的外側車道，公路上的汽車只能選走內側，讓位給突如其來的機車陣，但這一路上險象環生，令人略為驚悚。

壬辰龍年的元宵夜，南臺灣這股瘋狂的行徑，真的給人留下深刻的印象。

蜂炮施放時的景象

作者帶著齊全的防護，準備「犁蜂」

遇見臺灣詩路

　　每回我到臺南，宏霖總喜歡帶我到這小小的村落，這回有明標同行，他知道明標喜好文學，更是非去不可，原因是這裡有個「臺灣詩路」的景點。

　　村子入口處，有一家餐廳兼民宿，經營者林先生是鹽水區月津文史發展協會的秘書長，平日做點生意外，更留意鄉土，關心文化。他把民宿旁邊的田間道路鋪上柏油，兩旁種著筆直的木棉樹，樹下用紅磚塊砌成波浪狀的矮牆，因遠遠看去有著雲朵般的波浪起伏狀，被來訪的人稱作雲牆。雲牆向上的這一面，林先生選了數十首臺灣現代詩，一句一句的燒成長條形的瓷片，再用水泥糊上，每回只要我們到了這裡，總要試著用臺語朗讀個幾首，這次又加入了明標，三個臭皮匠湊在一起，當然要多唸一些了。

　　我們的車子停在一間類似倉庫的門前，下車後抬頭一看，這門上的一幅對聯寫著：「百年禮樂三千字；一代文章

八十家。」似乎點出了這裡的文學豪氣。正思索間，忽聞鐘聲響起，原來有人正在敲鐘，宏霖說那人就是這裡的老闆，他正用這樣的方式來歡迎我們。待會我們說不定還可以聽到他朗讀詩歌呢？隨後宏霖為每個人叫了一杯咖啡，不久林老闆走了過來，因與宏霖熟識，大家很快的就說成一堆。老闆端起咖啡杯先幽默了一下：「醫生說喝咖啡可以預防老人痴呆，但也會造成骨質疏鬆，到底要還是不喝？」頓了一下給的答案是：「我還是選擇喝，因為喝了咖啡，人輕鬆了，就可以忘情的寫寫朗朗詩了，這多好。」這句頗為性情的話，讓人看到他浪漫的氣質。才談不到多少話，主人便說要朗讀詩歌給大家聽，嘿！這咖啡的威力，顯然已經出現了。

　　林老闆以其稍顯緩慢的聲調為我們朗誦了幾首詩歌，像是：〈雨後的嘉南平原〉、〈阿母的皮包〉、〈阮若打開心內的門窗〉……。他每唸完一首詩，我們便給熱烈的掌聲，這下他愈唸愈起勁，感情的注入也愈多，在他那緩慢而低沉的聲調裡，像是在述說一個熟悉而又遙遠的故事。傾聽時我試著去抓住從他嘴裡所吐露出的每一句話語的含意，深深的被那能深切反映臺灣人心境的詩意所感動。在這初春的午後，溫暖亮麗的陽光恣意的映照四野，我們雖坐在周圍不加

遮掩的棚子裡，卻沒有絲毫寒意，當然這除了是拜陽光的賜予之外，亦要感謝林老闆的貼心，畢竟這種屬於形而上的心靈交流，必須要人、事、物皆對的情況下，才可能發生的。今天這種可遇而不可求的事，竟讓我給碰著了，真的感到很幸運。詩唱完後，老闆邀我們三月下旬一定再來，因為那時候，詩路兩旁的木棉花將非常紅艷，他要利用那美麗的花季，邀來各地的詩人，一起吟唱那屬於臺灣人的詩篇。

　　不久因有新的客人上門，老闆又充當敲鐘人去了。這時宏霖提議：「這裡叫田寮里，是紅磚厝聚集的地方，現陽光如此亮麗，若不在此抹出一張畫，還真有些可惜呢？」便帶大夥進入村莊。才沒走上幾步路，一座座三合院的紅磚厝便出現眼前，這紅得叫人心暖的房舍，讓人心生歡喜。而更妙的是幾乎每一戶人家，都以木板建造了一個鴿舍。抬頭一看，哇！好多的鴿子正排排站的立在屋脊上曬太陽，陌生人來了，牠們也不畏怯，有的甚且展翅輕拍，表示歡迎呢？寬闊的水泥埕上正曬著成堆的玉米粒，金黃色的玉米，在陽光底下亮燦燦的閃爍著，給人一份富足之感。一群群的麻雀忙碌的飛上飛下，貪婪的爭食著，也給恬靜的農村帶來生趣。

此時我率先坐定，說是要寫下南臺灣的農家樂，宏霖、明標亦拿出畫具跟進，個把小時之後，我完成了一張典型南臺灣的三合院紅磚厝，這種房子的格局和金門的閩南古厝還是有些差異，我們的一般是兩進甚且三進的形式，而它就是一個三合院。另材料上也有所不同，它的牆面全部都是磚砌而成，而我們牆壁的下半截，一定是用石板或石塊堆疊而成。我之所以畫完整的三合院，亦是為著「藝術生根」教學的方便，可以引發學生對不同的房屋造形，產生更多的聯想。宏霖只選取屋子角落的一部農用車，特寫的功夫了得，這也是為著他日後的版畫創作，尋覓可用的素材。明標大筆一揮，抓住紅磚厝的脊梁架構，在配上厝身簡略的門窗線條，最後加上明暗調子，畫似完成又像未完成，這具象與抽象的畫意，令人回味無窮。

畫完之後，幾位村婦亦跟著圍上來，彼此你一言我一語的說著，我們亦附和她們的話語。當她們知道有人來自金門時，都覺得不可思議，畫個畫何以要跑得如此遙遠？只能以這裡的房子入畫，誰都捨不得走來回應。這話讓婦人們樂開懷了，因為習以為常的破舊房子，竟沒想到能吸引這幾個外地人的目光，並將之畫在畫本裡。離開時，婦人們還不停的

提醒，下次一定要再來畫，這村人的熱情，就如同眼前這暖熱的陽光，亦如同先前吟唱的臺灣詩歌，足以讓人反覆地細細品嘗。

作者用速寫方式捕捉南臺灣的驚鴻一瞥

作者與好友宏霖在臺灣詩路上用臺語斟酌雲牆上的詩句

走進山東

　　自我接任理事長以來，就經常聽到會友建議，希望能以書法學會的名義組個團到大陸的名山大川，去身歷其境地體會那各式各樣的書跡名刻，這樣不但可以聯絡彼此的感情，亦能提升會友在書法上的視野。兩年多來，我雖然對這良善的意見牢記於心，但因俗務纏身，總是分身乏術。今年初副總幹事錦海兄又提及此事，既然同好有這樣的想法，那就打鐵趁熱，盡速的把這件事辦一辦吧！否則再一蹉跎，又不知要到何年何月了？更何況這種探訪名山，求索碑刻的活動在本會還是頭一遭呢？

　　主意既已拿定，就得進行相關的工作。先找來會裡的行政幹部開個簡單的會議，經過一番討論之後，最後決定這次先走山東，理由是那裏還保存著相當豐富完整的古代石刻群，不論是碑石、摩崖、墓誌等，在現今的大陸各省裡，都是名列前茅的。我們既然是以書法學會的名義出遊，能尋找

與書法相關的地方去走走看看，才最是恰當。

接下來就是和旅行社聯繫，東林旅行社的林老闆在電話中透露：「臺北有一個書畫團體才剛自山東玩回來，他們是一個以書、畫為主的旅遊團。你們若要去可以將畫的部分抽掉，再增加一點書法的份量就行了。」有了這樣的默契後，接著便傳來一個名為「山東省碑刻文化之旅」的行程表，包括價格、天數以及每日的活動等，內容十分詳細，令人一目了然。

有了旅行社這份行程表後，我便著手撰寫公文周知所有的會員。公文上大致列出時間、地點、價格等，至於行程細節因佔去太多篇幅，則請會友自己上學會的部落格去看。剛開始時，並沒有太多人主動來聯繫。就我個人的想法，這是一趟完全需要自己掏腰包的旅遊，要有個人的十足意願，故而這當中我並不去私下「鼓吹」，只抱持著一種「姜太公釣魚，離水三尺」的態度，所以一直到五月二十日之前，都沒有人主動前來報名。

妻見此情況，不只一次的同我說：「這次活動恐怕要胎死腹中了。」我只能無可奈何的笑道：「每個人對金錢、時間和身心狀況的考量皆有差異，我們再等等吧！人數夠了就

去，若人數少而辦不成也無妨的，至少已經讓會友知道我的心意。」

是在行程說明會的前三天吧？林老闆來電要名單，我才趕緊聯絡錦海兄，他這時才說出一串名單。嘿，本以為沒三兩隻小貓的，竟然一下子有將近二十人要參加，隨即把名單傳給旅行社，好讓他們去催繳相關的證件辦手續，至此整個活動算是塵埃落定。

這當中會友林瑞蓮大姊偕夫婿陳雲潮教授，特別自臺北趕來，最是令人感動。當我說出：「這趟行程太折騰你們老人家了。」林大姊卻輕鬆地回道：「不麻煩的，我們經常臺北、紐約兩地跑，這行程算是小case的。山東的書法碑刻太吸引人了，非去看看不可。」這番老當益壯的話，真的很豪氣。楊清國校長自北京學習書法之後，便一路的精進，此等機會他是不會放過的，他不但自己來，還邀了李根樂校長，真正發揮「己所欲，施於人」的精神。芳盛、雅容夫婦皆已退休，因平日與錦海夫婦過從甚密，知道消息後便毫不猶豫的報名參加，以行動支持書法學會的活動，盛情可感。會友國粹兄夫婦才剛從峇里島旅遊回來，氣都還沒喘過來，便又來參加了這個團，國粹兄平日熱心，對會裏的事更是隨傳隨

到，他的加入自不讓人意外。麒麟兄是新會員，想參加卻怯生，幸好有松柏從旁鼓勵，才堅定了他的信心。前理事長添財兄是在最後一刻才加入的，他是因為最近家務繁忙，差一點忘了這件「大事」，給的理由是：山東是他嚮往的地方，絕不能錯過這與同好一起欣賞碑刻的大好機會。其他參加的人員尚有：蔡發色夫婦、蔡錦海夫婦、王金鍊、洪明標、吳國泰、洪松柏和我們夫婦。

六月五日上午九時我們一群人會聚在水頭碼頭，半小時之後來到廈門五通碼頭，托運了大件行李之後，隨即搭大巴士前往高崎國際機場。中午飛機準時起飛，因在武夷山市中途短暫降落，耽擱了一點時間，雖然如此，我們卻藉此多拍了幾張武夷山的照片，算是到此一遊了。一直到下午四時左右飛機才抵達青島市。當降落的那一刻，我的心情也跟著愉悅了起來，這是我生平第一回走進山東，我將利用這短短的一個禮拜時間，仔細的瞧瞧她的容顏。

青島印象

　　青島是一個美麗的城市，她的美源於她的氣候和海灣，打從我還在國中教地理的時候，課本上便是這麼說的。

　　青島不只是一個省級的城市，更是一個全國性的大都市。她位於溫帶地區，擁有得天獨厚的天然海灣，港闊水深，冬不結冰，自清代以來便是北方少見的海港城市。早年又曾經被德、日兩國佔領租借過，留下不少佔領國的建築遺跡，以至於今日的市容景觀，還帶著濃濃的異國色調。加上那寬闊的膠州灣裡，為數眾多的潔白沙灘，在耀眼的陽光下閃閃發亮，這一切無時無刻都吸引著來自四面八方的遊客呢？

　　我們抵達青島機場的時候，已經接近下午四時。導遊大海先生說因為時間不是很早，只能先玩一個景點，便帶我們去二〇〇八年奧運帆船賽的比賽地點。抵達時當然是看不到那千帆競逐的場面，海灣上雖也有帆影在游動，但數量不多，倒是為數不少，高速馳騁的機動小快艇，乘風破浪的來

回奔竄，為遼闊的膠州灣帶來一些喧譁。天空無數的飛鳥，可能是見這兒人群熱鬧吧，亦優哉游哉地在頭頂上盤旋飛舞，牠們這裡停，那裡靠，那輕巧飛舞的鳥影，引起遊客的好奇，都不自覺的為眼前的這一份「生動」猛按快門。這人鳥和樂的情景，更深深的透露出海灣城市的浪漫風情。

此處最特別的地方，就是沿著海岸的岬角，兩邊各豎起數十支高而筆直的旗杆，上方還飄揚著當時比賽國的國旗或會旗，不同款式的旗子一面接一面的挨著，在緩緩的海風吹拂之下，旗子整齊劃一的朝著一個相同的方向冉冉飄揚。抬頭望去，這空曠的天際，有了這許多美麗的圖案在飛舞，自然吸引了大家的目光。此時我專注的眼神，不斷的在那為數眾多的旗幟裡搜尋著，嘿！那不就是中華臺北的奧運會旗嗎？看著它悠悠然的隨風起舞，欣喜亦跟著湧上心頭，是誰說在外地看到自己熟悉的事物便特別有感覺，真是一點也沒錯。青島當局能以這奧運美麗的旗海景致，去營造一種意象，以喚起人們美好的記憶，這不只美化了城市景觀亦擴大周邊的經濟效益，真是明智之舉。

隔天主要的參觀點都在青島市，首先看的是著名的青島啤酒廠，這個聞名中外的酒廠始於一九〇三年，由德、英兩

國的商人合作生產，自一九〇六年獲得金獎之後，其後更贏得三十餘次這樣的榮譽，是國際公認的三大啤酒品牌之一。我們這回主要是參觀了博物館內各式各樣以前用過的釀酒器具，那些老古董現在看來，彷如走入時光隧道，還真是有些趣味。另外也在參觀長廊上，居高臨下的見到了自動化程度最高和控制最先進的現代啤酒生產線。過後又在廠內的啤酒屋內猛喝生啤酒，因為是全團一起圍著桌子喝，大家舉杯互敬，氣氛熱烈而激昂，國粹、錦海、芳盛、國泰等幾位酒國英雄自不必說，就連我這平日不太沾酒的人，亦沒在怕的將那冰冷的黃湯灌入口中，想到這麼好的酒，不多喝一點如何夠本？這一貪小便宜的念頭，竟讓我喝過頭了，一路上飄飄然的感覺，真是舒服啊！

在車上導遊大海說：「每年八月的第二個週末開始，為期十六天的青島國際啤酒節，那才叫盛況空前呢，到時候你們再來吧。」會不會再來尚不確定，但這事卻讓我聯想起咱家鄉的金門高粱酒，幾年前我們也辦過詩酒節之類的活動，去年金門酒廠建廠六十週年，還轟動的辦了一個「風華六十」的慶祝儀式，並把動線延伸到臺北。但這類的活動都沒有一個固定的時間，這樣別人便無從期待，也難以留下深

刻的印象。假如能找一個適合喝烈酒的時節,固定的訂下時段,恆常而持續的來辦相關的產銷活動,那一定可以將金酒的品牌再往前推,我想青島啤酒做得到的事,我們的金酒一定也可以的。

接著是走小魚山公園。這個公園位在青島的南端,海拔六十餘公尺,因近魚山路而得名。佔地不廣,僅有二點五公頃,但有二點一公頃的面積為綠樹所覆蓋,人行其間甚感陰涼,加上曲折通幽的起伏步道,給人一份探險的喜悅。來到山頂,視野遼闊,向山阜的這頭望去,是一簇簇的紅瓦屋,隱藏在翠綠的樹叢裡。回頭向海的那一端看去,則是藍天白雲,碧波盪漾,海灣的內側有一大片新式的高樓。青島明晰的城市色調──「紅瓦、綠樹、藍天、碧海」於此一目了然。這樣的景觀,讓人不得不想起鼓浪嶼,同樣的紅瓦綠樹,同樣的藍天碧海,更有同樣東、西方混雜的建築色澤,如今兩者都同樣成了著名的觀光勝地。

就在下山的途中,我們特地去看一個叫「迎賓館」的雄偉建築,這是德國人留下的遺跡,以前叫「德國總督官邸」,一九四九年前後,因頗多高官來此小住,才更改為今日的名字,記憶中這個建築圖片,國中課本亦曾出現,可見

它在青島的重要性。從建築石材之挑選，色澤之搭配乃至於內部家具的擺設，吊燈的精選，防禦系統的周詳等，無不巧思費盡，令人驚嘆連連，當然從這棟別緻的建築物裡，也讓我們看到當年帝國主義，那睥睨一切和不可一世的霸氣性格。

傍晚時分來到一個叫做「棧橋」的景點，這裡在清光緒年代也還只是一個兩百公尺的軍用碼頭。德國占領期間將棧橋延長至三百五十公尺，並增設輕型鐵軌用於運載貨物。上世紀三十年代，國民政府又將棧橋延長到四百四十公尺，廢除了鐵軌，並在橋頭修建了迴瀾閣。我們到的時候，整條棧橋上擠了滿滿的人群。就只這一條伸向海上的路和前端一座中國式的樓臺，怎麼就吸引了這麼多的人呢？何況今日霧大，遠方一片模糊，迴瀾閣上亦無甚好之展示，那這許多的人究竟是所為何來？百思不得其解之下，只能以「海的魅力」來回應了。海的魅力我們也有啊，而我們更多的是海邊的防禦工事，其背後的故事，更是豐富精采，如果我們能多用些心思，將之活化創新，應當還可以做出更多讓人喜歡的觀光賣點才對？

這時候我們本想搭船艇遊海灣，但見四下濃霧瀰漫得更厲害。加上團友亦多有安全上的考量，只好回酒店吃晚餐，

席間大伙延續著上午喝生啤的氣概，再度熱情的舉杯互飲，一桌兩瓶不夠，再加！既已來到這聞名遐邇的啤酒鄉，再多喝它個兩杯又何妨！

風箏與年畫

從青島去濰坊的高速公路上，我看到一個指示牌上寫著「平度」二字，一般人不會去留意的，因為它只是一個極普通的地名而已。然在我心中，這地方因藏有鄭文公碑的摩崖石刻群，那是圓筆魏碑體勢的代表作，寫書法的人大概都知道的，只是它就藏在這平度小鎮裡的這件事，知曉的人卻很少，所以當我說出這事時，大夥就問了，那我們會去平度嗎？

「不去。」

「我們要去濰坊看年畫。」

「濰坊的風箏和年畫，還真不是普通的有名。」導遊大海在車上連續的回應著。然後我們來到濰坊的「楊家埠民間藝術大觀園」。

楊家埠民間藝術大觀園佔地兩百畝，建築面積十萬平方公尺。這個園區有展示廳、製作車間及明代保留至今的建

築群體。我們抵達的那一刻，就對那寬闊的園區頗為訝異，一個高大的牌樓式大門上，有書法家谷牧寫的「楊家埠」三個溫潤的楷書大字，先在牌樓下拍張團體照吧，接著我們走過前院來到展區。在風箏博物館內，我們看到各種不同的風箏，小的、大的、短的、長的、平面的、立體的、獨立的、串連的……真是應有盡有。圖案方面更是包羅萬象，只要是與吉祥喜慶相關聯的，一概收入。可喜的是這裡還一直保存著最傳統的竹紮骨架的方式，在風箏的製作場內，有幾位女製作員，正分門別類的示範著竹紮骨架、絲絹蒙面和彩繪剪貼的工作，其專注的態度和熟練的手法，叫人嘆服。天花板和四周牆壁上，吊著許許多多製作精美的風箏，因造形特殊，做工細膩，相當吸引人。無怪乎團友們都毫不手軟的挑著買著，買個一、二件的不稀奇，三、五件的亦大有人在，但多是為孫字輩著想，這可又是另一種的「天下父母心」呢！

其次要談到年畫，楊家埠的年畫始於明代，盛於清朝，最興盛的時候，幾乎到達「年年印年畫，戶戶扎風箏」的地步。與天津楊柳青、江蘇桃花塢並稱中國三大年畫產地。年畫的內容有：神像、古典美人、金身童子、花鳥山水、戲曲人物、神話傳說，亦有反映民間生活，針砭時弊的作品，但

喜慶吉祥還是年畫的主題，而此地的年畫因能反映北方農民的生活，特別具有「古樸雅拙，簡明鮮豔」的特徵。

在年畫的印製廠內，兩位老師傅正以熟練的手法，快速的翻頁印製著，那可是一種樣版，讓人知道年畫的大致印法。團友看了好奇，紛紛湊向前去，除了要瞧個清楚，也能同老師傅拍照留念。更有好事者要求老師傅讓他也能印製一下，此時老師傅就得仔細的解說，必要時還得代勞，但這嘗試的經驗畢竟難得，引得團友開心不已。事實上楊家埠的年畫所選用的版材，不是棠梨木便是梨木，此種版材木質細膩、堅硬、光滑，能呈現絕佳的刀法與印色。

走到販售部時，櫥櫃內擺放著各種款式不同的年畫，這時團友們一邊翻看一邊叫買，這下可讓服務人員忙得昏頭轉向，不知要招呼誰才好？當中最具有買氣的是那本二〇一三年的月曆，一本月曆上印了十二張年畫，每張都有吉祥福祿的圖畫，圖案設計簡潔，線條明快爽勁，色彩對比強烈，充分展現出民間藝術的質樸趣味，這樣好的東西，當然是人見人愛啦！這時有團友又想起自己的親朋，便一口氣買了好幾本。我想這真是一種最「物輕禮重」的饋贈，可預想得出那接到禮物的人，一定會是滿懷歡喜，眉飛色舞的。月

曆之外，我獨鍾情於那幾組設計繁複的門神，這幾組門神的色彩、表情都不一樣，雖有一點卡通的趣味，但不失威嚴，能承繼傳統亦能有所創新，買了之後準備返回廈門時再去裝裱，這樣來年便可以派上用場，可以預見金蛇報喜的那一刻，我們家一定很有「楊家埠」的年味。

接近尾聲的時候，導遊大海又說話了：「你們這個時候造訪算是淡季，整個園區除了我們這一團人之外，就不見其他訪客。如果是舊曆年前的一個月來，那可是另一番景象，家家張燈、結綵、貼春聯不算，各種演藝活動一場接一場，幾乎是不間斷的，今天意猶未盡的人，到時候可以再來玩，那才是楊家埠民俗生活的真體驗呢。」這一段話叫人有些心動，只是每回的舊曆年前，我們書法學會也因為幫人寫春聯而忙得團團轉，要抽出空閒恐怕不容易。但大海的這些話我當記下，有朝一日等我卸下這理事長的職務後，一定再飛來濰坊感受不一樣的北方年節慶典。

走訪博物館

　　從濰坊坐車向西走，大約半個小時便到了青州，來這兒的主要目的是要參觀青州博物館。

　　我們到達的時候，正是艷陽高照的近午時刻，亮亮的金光灑在那幾棟有著金黃色琉璃瓦的建築物上，給人一種富麗輝煌的感覺，起先我心裡還在嘀咕，這龐大的主體建築物，方整得有些呆板，我們這麼大老遠跑來，究竟為何呀？走進大廳，販售部的櫥窗裡，除了那明代趙秉忠狀元卷的複製品和零星的幾本字帖、書籍之外，其他什麼也沒有，這下我的心裡更不以為然了。心想以前去過的河南省和三星堆博物館，那大門的建築式樣，總給人特殊的創意感，今日所見不過如此，真有幾分失望，一直到館內的女解說員出現後，整個情況才有所改變。

　　在進入館廳參觀之前，她先介紹了這個館，說青州博物館只是一個縣級的收藏館，始建立於一九五九年，是到

一九八四年時才遷移到現在的新址，雖然它僅只是個縣級單位，但因典藏的文物數量龐大且多精品，使它在大陸同級的博物館中名列前茅，中央和省級的博物館，還經常來此借精品文物去展示呢！由此可見它受重視的程度。這番話讓我不得不修正前先謬誤的想法。常言道：「人不可貌相。」於事於物亦然。

這位解說員先引領我們進入「龍興寺佛教造像館」參觀，這個館擺放著數百尊大大小小的佛像，大多數的佛像都是以白色石灰石刻成，有些石材還夾雜著一點紅或黃橙的色調，因為材質高雅，雕工精緻，以致於當一九九六年十月這批佛像文物出土時，便造成極大的轟動，被稱為「一九九六全國十大考古新發現之一」。其原因除了是佛像刻工精美，藝術成就受到肯定外，更是因為它們跨越的年代久遠，自北魏、東魏、北齊、隋、唐，北宋等時期皆有，此中北齊時用青州產的石灰石所刻的雕像數量最多。

我一邊緊跟在解說員之後，一邊仔細的欣賞這眼前的每一尊佛像，不論是完整或是殘缺的，都是那麼的莊嚴自在，那麼的慈悲祥和，那麼的可親可敬，而此種特質的呈現，雕刻者除了要有深厚的寫實功力外，更需要一份虔敬的心念吧？

接著解說員又帶我們去石刻展廳，展廳內幾乎都是大件的作品，除了石人、石羊、石馬之外，最可觀的還是那數量眾多的墓誌和豐碑刻石。這可是我來山東碰到的第一批書法刻石了，哪能不仔細的瞧一瞧？我一邊注視著碑石上的字，一邊再讀一下內文，優哉游哉的心情，很愉快的，但還看不到一半，導遊來催人了，未看過的其他碑石，只好以欣賞碑額的書法來代替了，雖不無遺憾，那也是莫可奈何的事。

最後來到書畫展廳，那件全國惟一的狀元卷複製品就擺在櫥窗內，因不是真跡，沒引起我太多的興趣。倒是一件寫著赤壁賦的連屏書法映入眼簾，每個像巴掌大的行草，寫得扭曲而抖動，那不正是清何紹基的作品嗎？何字重碑意，以迴腕法執筆書寫，筆意老辣蒼勁，字體頗堪玩味。另一面牆上出現一幅清劉石庵的厚重行楷，樸拙的筆墨，耐人尋味。櫥窗內一件蘇東坡的的行書橫幅，雖沒寒食帖那般放逸不拘，但一種名士的倜儻之氣，躍然紙上。其他幾件墨竹、花鳥、山水，亦甚可觀。在書畫廳裡，團友們有說有笑，那是欣賞作品的當下，因為有所意會後彼此相互交流的結果。

用過中飯，我們又驅車到臨淄的「齊國歷史博物館」，導遊大海在進入博物館後便告訴我們，這博物館位於臨淄區

齊都鎮政府駐地，它是在齊國故城遺址的基礎上改建而成，以齊國故城的大城與小城相互銜接的特殊形製作外形，青磚砌壘，形似古城堡，別具一格。

還說這個館共有十五個展廳，包括序廳、龍山文化廳、西周文化廳、桓管霸業廳、韶樂廳、稷下廳、城廓廳……。展出的內容，主要以反映齊國的歷史文化為主，分西周、春秋、戰國、秦漢等不同時期齊國的發展情況，全面真實而細膩的反映出齊國八百年輝煌的歷史文化。

因為導遊大海對齊國的歷史文化十分熟悉，故而每走進一個展廳，他都能擇要的詳加說明，每到精采處，更滔滔不絕而欲罷不能，幸好團友留意，在關鍵的時刻來個掌聲，其他人亦跟著叫好，這才把他拉回現實。但坦白說，作為一個專業的導遊，文史的修養還是有必要求其深廣，當你能將眼前的事物，如數家珍的娓娓細述，這必然會在遊客心中留下美好的印象，好事一旦傳開，其影響將難以估計，我想大海已經為山東的旅遊事業，做出了應有的貢獻。

逛「大街」

　　逛大街的經驗，誰沒有呢？在我們的日常生活裡，幾乎很少不去逛街的。只是這兒所指的大街，是個專有名詞，那是走過博物館的行程後，在臨淄待了一夜，隔日清晨即早早上路，來到了素有中國活著的古商城之稱的周村。在我還沒辨清自己所在的位置時，便跟著團友，一股腦的來到一條古色古香的街道口，入口處的大牌樓上以燙金的手法寫著「大街」二字，我要逛的大街便是這兒。

　　導遊大海先在牌樓下告訴我們說：「這裡就是山東的周村古商業城區，它就位在周村城區的正中央，佔地約十七公頃，整個區域主要由大街、絲市街、銀子市街、綢市街等古商業街所組成。周村早先是因蠶絲業而發展起來的，明清時已成北方重鎮，與廣東的佛山、江西的景德鎮、河南的朱仙鎮齊名，成為無水路相通的全國四大旱碼頭之一，乾隆皇帝更御賜「天下第一村」，於此可看出它的名氣。

走進街道，方才發現自己已經完全被這群古建築所包圍，心想若身上再改以舊式的裝扮，那就像回到古時候的年代！此時走來一位古裝打扮的少女，說是我們在大街的解說員，一群人就這樣的跟著她的腳步，時緩時急的去一探「大街」的奧秘。她先帶我們去看一個年輕少女的魔術表演，小小年紀即能以幾塊彩色方布，數個茶杯變出各種把戲，把我們這群「老人家」唬得一愣一愣的，為了就是希望大家能買幾樣她所提供的道具回家玩玩，這種討生活的方式，也算另類，真是不容易呢。

當隊伍經過大街時，幾位團友都會不約而同的把眼光投注在那手寫的橫匾市招上，見到特別好的，總會停下腳步，多按兩下快門。這當中行楷的書體比較普遍，隸書亦有但不多，草書卻鳳毛麟角，市招重點在引人注意，當然是以易於辨識為優先考量了，行草偏少乃意料中事。行楷書偏向厚重一路，像：「異芝堂」、「福順號」、「旱碼頭書畫社」、「玉兔老店」、「瑞蚨祥」等皆屬顏體筆意。隸書筆墨大方，楷隸筆法互用，有樸拙之趣，像「怡和園」、「得玉雅園」、「丁家煮鍋」都寫得十分大方典雅。行草則以「會仙樓」和「三友書畫社」最是特別，寫得渾厚而蒼勁。古街配

上手寫書法最是調和，最富古意，古街所在亦往往是人潮所在，有人潮便有錢潮，大陸當局看準了這一點，亦紛紛地尋找舊時物，以修舊復舊的觀念重現古建築的光輝，當然這樣的舉措，必然也增加了該城市的深度與內涵。看到團友聚精會神的「尋寶拍照」，這活生生的「野外書法實察」景象，使人留下深刻的印象。

走著走著，我們來到一個巷弄的轉彎空地，一個簡陋的雜技團正在等我們。這雜技團就只有二男一女三人，全是當地的老農民組成，我們坐定後，那位女表演者首先用撐開的洋傘托著一顆球，傘不斷的被轉動，那顆球也就在洋傘上不停的滾動而不掉落，很精采的，這應該是熟能生巧的結果吧。接下來是原先那位敲鑼的老者走了上來，先在觀眾之前深深的吸了幾口氣，接著便出其不意的將一把超過30公分的鋼製劍器插入口中，再慢慢的往喉嚨深處推進，最後是只見到嘴上含著劍柄，這一刻場子悄然無聲，大夥都有點嚇呆了，怎麼竟然把劍給吞進肚裡，太不可思議了！待表演者抽出劍後，所有的人才蜂擁而上，忙著掏錢給小費，這精彩而搏命的表演，讓人看得感動也看得不忍。

然後我們又從巷弄回到大街，來到一家叫做「周村燒

餅博物館」的店。這家店是兩層樓，樓下為販售櫃檯，樓上則是現場製餅的操作演示。最特別的設計是在靠近樓梯的牆壁上，有一特別大張的貼紙佔滿了整個牆面，上頭全都是不同的人，正在歡喜的品嘗著周村燒餅的特寫鏡頭，這上面有男有女，有老有少，有高官貴婦亦有販夫走卒……，嘿！吃周村的燒餅竟然成了一個全民運動。周村的燒餅是否美味可口，那可是見仁見智的事，但眼前這張廣告圖，確實成功的傳遞出周村燒餅的美好。

上了樓，我們好奇的看著女師傅們製作燒餅。製作者大都為年輕的少女，每個人守住一個爐子，一律站著工作，先把事先準備好的圓形小麵糰用手均勻的壓平，這當中她們的腰部要適當的扭動，說是可以減少雙腿因長時間站立而產生的負擔。而當一排的女工作員同時扭動身體壓麵時，一種整齊而協調的律動，便輕柔的自她們的身上散放出來，麵壓好之後，再將圓形麵片在存放芝麻粒的篩子上正反面的輕輕抹過，這是要讓麵片兩面都可以均勻的沾上細芝麻粒，最後才將之貼在烤爐裡去烤，這樣的過程也不過才10秒的光景吧，而每一個工人都得精準而快速的完成這套功夫，一遍又一遍的來回反覆，直到休息的時刻。至於麵片被貼上烤爐之後，

便不需去管它了，因為三、兩分鐘後，那薄薄的燒餅便會以機器自動化的方式掉落在圓盤上。

此時，團友金瑞城貢糖老闆松柏兄看得好奇，便想一試。幸好這裡有「DIY」的體驗，只要客人要求，工人便暫時退出，規定每人只能「DIY」三個燒餅，並可將自己所做的餅帶回做紀念，但需付人民幣十元。松柏上場後，身手不是那麼靈便，他做貢糖的那套本事，在此完全英雄無用武之地，雖然努力地做出三個燒餅，但都殘缺不全。事後他依然興奮，嘴上直說：「上了場子才知隔行如隔山，不容易的，花點小錢買個經驗，很值得的。」因周村的燒餅美味可口好保存，輕巧方便好攜帶，離開的時候，團友又發揮既有的戰力，每人三兩盒的大買特買，好不快樂。

在大街我們還參觀了陳氏大染坊粗布行，大略知道染布的過程。看了票號展示館，對古人以詩、詞，來做票號之密碼，以防冒用，頗感有趣。看了狀元府，對那雍容華麗的建築和筆勢多變的牌匾題字，都有不錯的印象。只是沒想到這一路下來，時間已過了中午，便隨著大海先生鑽進一家西式披薩餐廳，眼前豐盛的食物，早已叫人垂涎三尺，還是快快飽餐一頓比較重要。

岱廟巡禮

　　在周村吃過西式披薩之後，我們便上車趕路，這一路上經過好多山路，秀麗的風景，叫人心曠神怡。一個半小時後，車子漸漸進入泰安市區，導遊大海說：「接下來我們要去看的景點是岱廟。它位於泰安城北的泰山南麓，泰山另名為岱宗或岱山，所以這座廟便取名為岱廟，也被稱為東嶽廟〈因泰山為五嶽之首，位置在最東方，故稱東嶽泰山〉。」又接著：「此廟已有兩千多年的歷史，廟的建造是按照中國古代宮城建築形制營造起來的一座神宮，整個建築布局上，嚴格遵循南北軸線，左右對稱形式來設計，有帝王宮庭的規模。廟內主殿──天貺殿，是供奉東嶽泰山之神的大殿，也是歷代帝王來祭拜泰山的地方，建於宋代，因格局雄偉、氣象恢宏，與北京故宮的太和殿，曲阜孔廟的大成殿並稱為中國三大名殿……。」正說得入神時，車子已悄悄的來到了岱廟之前。

此時已近傍晚，日頭也偏斜了，只見金黃色的陽光灑在岱廟的城牆上，給人一種樸素的美感。抬頭仰望高懸樓頂的橫匾，那用粗厚筆法寫的「岱廟」二字，綿密緊緻的體勢給人飽滿的印象。前方灰白色石牌坊，幾隻石獅子特別高聳，顯現威武氣概，牌坊雕工細膩繁複，因是石頭原色，特別淳樸厚重，這古意盎然的景致，引人歡喜。

走進廟門，一種古色古香的景象呈現眼前，首先看到的是為數不少的千年古柏，參差錯落的分布在這寬敞的庭院內，古柏掩映著紅牆黃瓦，更顯現出庭院深深的氣氛，再是這高入雲霄的林木，引來眾多的飛鳥，啁啾聲此起彼落，好不悅耳。其次是庭院的東西兩側，分別豎立了無數的書法碑石。其中東碑臺立有宋朝宣和重修泰岳廟記碑，因是皇帝所立，所以特別高大，這塊大碑石是立在一座贔屭身上〈贔屭傳說是龍生九子之一〉，整個碑石高9.25公尺，是岱廟最大的龜馱碑。它的反面則是明代書家以厚重粗獷的顏體寫下「萬代瞻仰」四個大字。這一座石碑真是太高大了，故而引來大家的好奇，除了欣賞字跡之外，更紛紛拍照留念。西側也同樣豎立一塊如此高大的豐碑，名為祥符碑，其反面的大字則寫著「五嶽獨尊」四個大字。

接在這兩塊特大豐碑之後，還有無數的碑石，但這許許多多的碑石亦不簡單，米芾的「第一山」三個行書大字，寫得很鬆厚，填滿了一塊碑石。乾隆皇帝走到哪寫到哪，他在岱廟的書跡恐怕有五、七十件之多，庭院裡的不說，那後方「東御殿」前的碑牆上，幾乎都是他寫的刻石，幸好他的字還不差，否則我們今日可要難過的。還有不少因碑文內容多字體小，加上石面又曾被不斷的拓印過，只留下整片墨漬的顏色，只能大致的流覽過去，也就不再去留意究竟是何人所寫了，不過這當中還是讓我無意間的碰到朱德和鄧穎超等中共大人物的墨跡。

這些豎立於室外的碑石已經夠讓人眼花撩亂了，竟沒想到我又信步走進東側的一間「碑石陳列室」，這裡面存放的碑石大概二、三十塊，心想會被擺進室內的應該更是珍品吧！便一件件的仔細瞧去，先是看到了漢衡方碑〈隸書〉，旁邊竟又出現了張遷碑〈隸書〉，沒幾步遠又是晉孫夫人碑，哇！幾件中國書法的名碑一下子都跑到眼前，真的讓人既驚喜又詫異。更何況前面兩種書體是我平日心儀臨習的對象，今日能一睹本尊面貌，心中的喜悅，真是難以言喻。此時的我先不急著拍照，只一味的對視著石上的字跡，看能不

能由這一短暫的凝神，獲得一些啟發？如若不然亦無妨，畢竟此一邂逅，自有他不凡的意義。不久團友陸續來到，聽我述說之後，皆分頭去尋找喜愛的碑刻，拍照之外亦多所討論，可見大夥的心情亦如我一般。

走出碑石陳列室，跟著大海來到漢柏處，此老樹葉子不多，惟見枝幹彎曲，盤錯環結，狀甚奇特，但解說牌上說此樹乃漢武帝親手種植，這讓我無法置信。隨即又來到東御座〈為皇帝祭祀泰山時之住所〉前，有一青磚砌成的小碑樓，裡面鑲嵌著秦二世封禪時的詔書刻石，傳為丞相李斯所寫的篆字，是已發現最古老的文字刻石之一，可惜只存十個相關的字而已。因它被一透明壓克力版罩住，我雖極力凝視，亦為反光所限，只能獲得大致的模糊印象。雖然如此，但無論如何今日能與這兩千多年前的殘石遺物相遇，確是一件很欣喜，很難得的事。

對我來說這岱廟之行，如同一趟碑刻書法大饗宴，但因時間短促，只能留下走馬看花的印象而已。正思索間來到販賣部，見櫥櫃裡有一套「泰山碑刻彙編」，共是三本，翻閱之後才知道書裡所蒐集的既包含了岱廟的石刻，就連泰山上的也一併收錄其中。這真是太好了！有了它那我返金之後

將可有反芻溫習的機會了，便毫不猶豫的花四百元人民幣買下。回車上大海亦借去看過，只淡淡的說：「貴了。」我不信，再仔細察看了一回，真的印得不怎麼樣，但因資料豐富，對我平日的教學與研究有用，便不再去想那昂貴或便宜的事了。

登泰山

　　來山東，登泰山當然是重頭戲了，孔子的那句：「登太山而小天下。」說得很豪氣，任誰都能朗朗上口的，只是要能像聖人那般的領會與境界，恐怕是鳳毛麟角的。

　　但時代改變了，交通工具太完善了，我們根本就不需要以「登臨」的方式上山啊！為了環保的理由，先搭泰山專用的環保車上中天門，爬過一小段陡直的登山臺階之後，來到桃花源索道。不巧的是今日正逢週末，人潮特別擁擠，我們這一團的人趕緊靠上隊伍，等搭纜車上山頂，這一等就耗去了一個小時。中途有人想插隊，被有正義感的陳領隊給訓斥了，大陸排隊的禮節真的還要加把勁。好不容易輪到我們上纜車了，六人一部直上雲霄，本想利用在纜車上居高臨下的機會，拍幾張泰山的鳥瞰圖，卻因雲霧瀰漫而不得不作罷。到了山頂，走在下坡路上，遠遠的便見到一座古色古香的城樓映入眼簾，導遊大海隨即說，那就是鼎鼎有名的南天門。

南天門位於泰山十八盤盡頭，海拔一千四百六十公尺，古稱天門關。走近一瞧，這紅牆黃瓦的城樓，中間有一個拱形的城門，門楣上赫然出現「南天門」三個楷書大字，門邊的楹聯寫著：門辟九霄仰步三天勝跡；階崇萬級俯臨千丈奇觀。隨即低頭下望山拗處那條蜿蜒的登山道，正有眾多細如螞蟻的人影在移動呢，一旦他們登臨此處，再回首來時路，必然會對這楹聯的涵義有著更深切的體會吧？走過拱門再穿過一座新建的石坊，便來到「天街」了。

　　天街就建在山頂的一個平臺上，長度大約五、六百公尺，寬度亦不過二、三十公尺上下，海拔高度少說也有一千五百公尺吧！剛剛從索道那邊走來，遠遠的除了南天門外，亦看到天街上一列古式的閣樓，正處在飛騰的雲霧之上，而那眾多行走在街上的行人，飄飄然有如人間仙境，予人「乘虛御風」之感，這天街二字，取得真貼切啊！現在我人就在裡頭，方才所見之白牆黑瓦的閣樓，正是做小本生意的商家，大多數還是以經營小吃和藝品為主。為著生意上的競爭，那此起彼落的叫賣吆喝聲不絕於耳，這可給處在雲霄之上的仙境，沾染了凡間的氣息。

　　過了天街，繼續向玉皇頂的方向前進，這時路的一邊是

千丈斷崖，另一邊則是巨石林立，巨石的這一邊題字無數，這琳瑯滿目的各家書體，真是讓人目不暇給，百看不厭，我這一路上隨走隨拍，倒也蒐集了不少石刻書法的資料。一直到走進「唐摩崖」這個地方，那才讓人真正的見識到什麼叫數大是美，整個大石刻群只能以「壯觀無比」來形容了！這裡有帝王和歷代文人墨客的筆墨遺跡，字體有大有小，有高有低，有疏有密，有繁有簡，這攤在陽光下的書法墨跡，真如同一個永恆的大地書法展，被吸引過來的觀眾更是如潮水一般，一波接一波的來，又一波接一波的去，不曾停息！

　　此中，唐玄宗開元十四年，封禪時所留下的「紀泰山銘」最是富麗多彩。這燙金的隸書體共一千零八字，為李隆基所親自撰書，主要在讚頌泰山和稱揚唐盛世及幾位帝王的功績。因字數多，所佔石塊的面積相當大，又正好位在石刻群的前端，算是領頭羊了。其它歷代名人墨客的書跡也多精采，但此時此刻都只能算是綠葉的角色。正是因為紅花與綠葉之間，天衣無縫的結合，才引來這許許多多的仰慕者。我想泰山景區能在1987年被聯合國教科文組織公佈為世界文化與自然雙重遺產之一，這山區裡蘊藏豐富的石刻書法，應該是有一定的份量吧？

由此再上就是玉皇頂了，正殿供奉玉皇大帝，古代帝王封禪即在此祭天，大殿前庭有「古登封臺」可資印證。殿前立一小石碑，上寫一千五百四十五米，這裡就是泰山的最高點了。但因這山頂的殿堂太小，來參拜的人又太多，竟連個跪拜之處都難以擠進，只好站著雙手合十，聊表心意了。

　　出了玉皇頂，步下一小段臺階，來到據說是秦始皇所立的無字碑前，此處居高臨下，視野開闊，便暫且停了下來，雖然此刻仍有薄霧障眼，但綜覽起伏的山巒，依然叫人心曠神怡。想到自南天門這一路走來，路途雖不甚遠，但因無時無刻的步步登高，倒也有幾分費勁。可喜的是這一路上的所見所聞，不管是自然的美景還是人文的光影，都令人驚嘆連連！對一個喜歡塗鴉的人來說，這回的際遇，已經深深的烙印在我的心坎裡。有朝一日，我一定會畫下對這座名山的陣陣驚喜。

走，去經石峪

　　泰山經石峪，原先並不在我們的旅遊行程之內。只是我知道這大字金剛經摩崖亦在泰山景區內，便央求東林旅行社的林老闆務必要增列，老闆聯繫過大陸之後，便一口答應了。並在行前說明會上表示：「金剛經摩崖就在泰山的一個山谷裡，我們會在登泰山時順道安排。」這樣的一席話，讓想去的會友得以如願，皆十分歡喜。

　　那日從泰山玉皇頂下來，我們再經由原先的索道搭纜車下去中天門。因為導遊說去經石峪，還要從這兒下山走很多的步道，去或不去請自己衡量，千萬不要勉強。故而我們這一團便在此地兵分兩路，不去的人由陳領隊帶著，直接搭環保車下山，要去的則跟著導遊大海，沿著下山的步道，向東南麓的經石峪前進。

　　探訪經石峪者有：清國校長、瑞蓮大姐、麒麟兄、錦海夫婦、國粹兄、金鍊兄、明標、國泰、松柏、美珍和我共是

十二人，一隊人馬興致勃勃的隨同大海前進。在路上他曾說：「一般帶團是不安排經石峪這個景點的，今日因為你們是屬於書法團體，有這個雅好，我們公司才特別通融，實際上我本身也沒來過，究竟要走多久也不確定？但由此前去的方向是錯不了的，你們既來之，則安之，放心的跟上吧！」他說了如此坦白，我們也只能放一百個心，跟著就是。

幸好今日是一個多雲的天氣，有陽光卻不炙熱，步道兩側綠蔭濃密，山風徐來，倒也有幾分涼意。途中團友之間的說三道四，增添了不少樂趣。加上這一路上來來往往的登山客，那五顏六彩的穿著，疾徐不一的步履，腔調多變的言談和嘻笑陶侃的歡顏，這些都是途中的風景點綴，讓人不覺得單調沉悶。

但這美麗的景致，精神奕奕的氛圍，卻因這雙腳恆久地重複那「下步道」的動作而起了變化。尤其是我們這群上了年紀的人，膝關節皆不是太好，而這下山的動作，正是膝蓋的大忌呢？此時，有人開始以蛇行的方式前進，說是可以紓緩對膝蓋的直接衝擊，其他人見此便有樣學樣。我不確定這招是否管用，亦如法炮製，果然是略感輕鬆。然而下山的

困難尚不僅此，有些路段因地勢比較陡峻，步道的臺階卻做得太過狹窄，這時候你非得以履薄臨深的心情，小心翼翼不可，否則一個不留神，那後果堪虞啊！俗話說得好：「上山容易下山難。」這一回我算是真正的領略到了。

當我正在嘀咕怎麼走了這許久都還到不了時，忽然前頭傳來一聲：「這裡就是經石峪了。」那不是大海在喊叫嗎？這句大家期待已久的聲音，讓人精神大振。隨即與幾位落後者加緊腳步，來到一座寫著「經石峪」三個大字的牌坊前，只見大海悠閒的站在樹下，用手指著右邊的山溝說：「過了山溝上去就是摩崖了。」當我正興奮的想一口氣的往前奔去時，還在後頭的妻叫住了我，說是錦海兄腿疼無法再走了，我只能回頭以務必堅持，千萬不要功虧一簣，來為他打氣，但他那痛苦的表情已說明一切，結果只好由他的太座秀華老師「代夫去取經」了。

上了山溝來到摩崖前，幾位先到的團友，已捷足先登的分散在刻石的四周，安靜的觀賞著，我們這些晚到者，亦悄悄的加入他們的行列。眼前這一大片坡度不大但面積卻不小的花崗石溪床，潔淨的乳白色石面，靜靜地躺著近千個字大盈尺的朱色墨跡，在耀眼的陽光底下，顯得十分燦亮。我

原本想試著讀讀內容，但除了右前方那一個區塊尚稱完整之外，其他不是散亂不堪，便是完全不見字體的蹤影。想想這曠古之作，自北齊至今，歷經一千六百多年的風吹日曬，猶能有如此豐富的「殘留」，也才能讓我們這些後生晚輩，有個可以瞻仰孺慕的對象，這真是一件很不容易也令人感動的事呢！

那究竟是誰用毛筆寫了這一部經典之作呢？他為何而寫呢？何以要用盈尺大字來寫呢？又為什麼要選刻在這個地方呢？所有的這些疑問，至今恐怕都沒有確定的答案。當然這一部份的難題，就留給文史學家去傷腦筋吧！我應當更著眼於這片「殘留」的書法特徵才是。為此我靜靜的走，慢慢的看，細細的品嘗，深深的思索。粗略的歸納出這摩崖刻石的幾個特點：

其一是字大徑尺〈約五十公分見方〉，結體開闊，有雄渾之氣。

其二是以圓筆為主，起收筆少方折，不露鋒芒，顯現靜穆特質。

其三是用筆的提按頓挫，帶著濃厚的篆、隸筆意，氣象高古，有金石的樸拙趣味。

　　其四是將佛教思想和漢字書寫藝術緊密結合，兩者相得益彰。

　　正是因為它具備這麼多的優點，故歷來深受臨池者的喜愛與追隨，就以這回來此瞻仰的會友當中，像清國校長、瑞蓮大姊和明標老弟，都曾在這塊摩崖拓本上頭，下過一番工夫，也各有獨自的心得領會，今日再一親炙，說不定會是另一番新景象的契機呢？至於尚未於此著力者，亦很難說不會因為這次的機緣，而引發出其他的火花？

　　揮別時大家依依不捨，就如同老友相聚，時光總是短暫匆促。但夙願已了，心頭放鬆不少，在走向泰安市的這段最後的山路時，每個人的步調似乎輕盈了許多。

匆匆十一年
——寫在「平生寄懷」第三次畫展之前

距離二〇〇二年的平生寄懷個展已經有十一個年頭了，時光之匆匆，超乎想像！

這十多年來我過得忙碌而充實。我忙著學習，忙著創作，忙著傳承，忙著寫文章，最近這幾年更忙著如何做一個「稱職」的理事長。雖說這忙的現實「零碎」了我完整的時間，但因所涉獵的內容與我熱愛的書畫息息相關，倒也叫人忙得不亦樂乎！

也就是在這種「與時競走」的情況之下，我又畫了一些畫。好事者前來，提起這批「有別於以往」的畫，是該發表發表，不能再秘而不宣了！這才讓我意識到真的好久沒辦個人畫展了，便毅然的向美術學會提出申請，再次粉墨登場。

坦白說，會有這批不同以往的畫作，完全是因為那一趟杭州之行。

二〇〇九和二〇一〇年，我走進杭州，到素有水墨原

鄉之稱的中國美術學院學習山水畫，在那相對重視「古畫臨摹」的校園裡，我跟著學有專精的師長們，亦步亦趨的邁向中國畫的傳統，雖才只是略涉皮毛，卻已受惠良多。

在那段堪稱「刻苦」的時間裡，我拋開過往的作畫習慣，把自己暫時的放空，一心一意的照著諸位老師的指引，整天握著畫筆，不停的在「樹與石」的基本功上著力。一個階段過後，又找到了心儀的古人，先是沈周，後是龔賢，前者的筆意和後者的墨法，都精彩絕倫，深深的令人折服，這一頭鑽入，便見風景無限。

除此，學校為了顧及學員畫作的「生活氣息」，還領著我們繞著美麗的西湖寫景，走進幽靜的富春江畫遊，更搭上普快火車遠赴黃河流域的太行峻嶺，去領略那北國大山大水的壯闊與雄渾。我深深的記得年輕的陳磊老師在太行山上的那句話：「要以山水的眼光畫山水，不要只是一幅風景。」這句看似平淺的話，卻蘊藏著至深的畫理，毫無疑問，作為一個山水畫的追求者，它將是我未來最大的課題。

返鄉後的這兩三年裡，我依然臨畫，依然的山海奔走。島鄉的地貌，雖少了崇山峻嶺的氣象，卻多了一份婉約迷人

的特質。在這堅硬的花崗島上，有炙熱的艷麗陽光，有狂吼的東北寒風，有曲折的海岸地景，更有平坦的田園村舍；那深厚的閩南風味，那別緻的洋樓情調，還有那蒼翠的綠林和自由翱翔的飛鳥，……。這形形色色都是生動無比的創作素材啊！當我走在這迷人的土地上，心情就格外的愉悅，自然也就揮寫得勤奮，這與景對話的輕鬆自得，確是我生活中至高的享受呢！

這次展覽，我仍以「平生寄懷」命題，為此妻便提議若能加入最摯愛的書法當更完善。每逢關鍵時刻，她的好意常是加分的要素，四年前若不是她的相與為伴，我是走不到杭州的，那又如何能走進傳統，走出現在的自己？這批畫作的完成，最該感謝的人應該是她了。無數個日子裡，四弟明標隨我在島鄉東奔西走，讓彼此一直在「師法自然」這一課題上熱力不褪，這份兄弟情真的沒話說。二〇〇四年我與南師同學蔡宏霖在臺南聯展，恩師王家誠看過之後，勉勵我們要以跑馬拉松的精神去對待藝術，恩師去年仙逝，他的教誨常縈繞心中，我想這句話會讓我堅持一輩子的！

杭州西湖畔蓋叫天故居（水墨　2010）

羅厝灣澳（水墨　2012）

浯江溪口（水墨　2011）

初春太行（水墨　2009）

驅山走海彩繪烈嶼　代序

　　一九九八年「驅山走海」畫會成立,是年底我們首度
聯展,並出版了第一本畫集,當時我曾在畫冊上寫下一句自
我期許的話語:「用全付的心力,體現此地的山川風物,驅
山走海是一個起點。」如今,十五個年頭倏忽而過,回頭審
視,內心卻多了一些安慰,畢竟在這不算短的歲月裡,畫友
們那份「一心求藝」的初衷,至今仍不曾改變。

　　熱情不減的關鍵,除了自身的原因之外,這島鄉的豐
厚與寬博,恐怕也是主要的因素,那承載不同的歷史滄桑和
隨季節轉換的多變情致,真是讓人百讀不厭,深深著迷啊!
每當我們趨走在這塊心怡的土地上,總會被那美妙的自然景
象,牽引出不同的心情悸動。在烈日下,在寒風裡,不論我
們攀登山阜,或低走海嵎,她總是敞開著雙臂,無私的接
納。這如同母親般的呵護與溫柔,淬鍊了我們的畫藝,提升
了我們的創作,十多年來不論是大金門的文化局,或是小金

門的文化館，都會看到我們端出的「家鄉風味餐」，這年年不曾缺席的文化饗宴，是我們對母親之島的深情回報。

這麼多年來，驅山走海的每個畫者，儼然已妥善的積累並建構出自己的風格。此中翁清土的筆調細膩，形色豐富；李苡甄的色澤溫熱，親切怡人；唐敏達的理性布局，對比強烈；洪明燦的山水觀照，虛實相映；洪永善的鄉情懷舊，墨韻幽微；楊天澤的筆法精準，放懷不拘；張國英的去繁就簡，大塊淋漓；顏國榮的油彩豐潤，引人遐思；董皓雲的理性構圖，現代思維；蔡儒君的符號元素，誇張鋪陳，這彼此不同的風貌，似乎已經烙印在鄉人的腦海之中。

現在驅山走海的努力與付出，終於讓關心鄉土文化發展的人士留意到了。

烈嶼鄉的洪成發鄉長，素來重視家鄉的建設，而文化項目常是他的首選，這點由烈嶼鄉文化館這些年頻繁而精緻的展覽活動，便可見到端倪。去年他即透過小金門籍的會友永善兄來聯繫，說是若以手繪圖畫來呈現烈嶼的山川風土，並將之編印成冊，以廣流傳，那將是一件多麼特別而有意義的事！會友們聽了之後，莫不急切地替他按個「讚」！鄉長既能以文化立鄉，傳承播遠，我們又豈能不鼎力相挺，當仁不讓？

　　此後，大夥便經常的進出這有「風雞故鄉」之稱的島外島，當踏入的步伐愈深，便益發感受到這彈丸島地的無限魅力：東林的老街懷舊、青岐的閩南院落、羅厝的山海閒居、西方的風雞情懷；虎堡的雄風、獅嶼的安流、東崗頂的眺遠、大二膽的風雲；還有那芋頭節的「GOOD芋」，保生大帝廟的博筊大賽，泳渡金廈海域的壯懷和兩岸同春的年夜煙火，……這許許多多，真是不勝枚舉。面對如此豐富多樣的內容，我們也只能抱以「弱水三千，各取一瓢」的心境，盡其所能的摘取與自性相映的題材，去揮灑了，但願這本畫集能適切地呈現出烈嶼鄉的深刻美感。

　　這回輪值會長清土兄和諸會友特別禮讓，希望我能以畫會成員的身份，為新畫集寫一篇序文。現謹以上述簡短的文字，表達管窺之見，尚祈各界方家先進，不吝給我們指教與鞭策。

　　最後還是要對洪鄉長的厚愛，致上最深摯的敬意，也要對烈嶼鄉文化館諸位執事前輩的熱心協助，成全了一樁「美」事，表示感謝！

附錄：

【2010至2013年金門縣書法學會第四屆大事紀要圖表】

金門縣書法學會第四屆大事紀要表（2010）				
名稱	參加人員	時間	地點	主辦者
第四屆理、監事當選名冊	新任理事長：洪明燦。常務監事：陳炳仁。理事：唐敏達、洪明標、楊清國、陳添財、洪松柏、張水團、鄭有諒、王宏武。監事：陳應德、張清忠。	2010.1.16	金城鎮公所二樓會議室	金門縣書法學會
協助金門後備軍人協會春聯書寫	陳添財、洪明燦、吳宗陵	2010.1.19	金城鎮育幼院廣場	金門後備軍人協會
廈門市檳榔嶼詩意島文化創意開發研討會	洪明燦、吳宗陵	2010.1.26	廈門市觀音山泉州商會	廈門市書協
協助烈嶼鄉公所春聯書寫	洪明燦、吳宗陵、洪文正、蔡錦海、王宏武、洪松柏、溫仕忠、吳鼎仁、王金鍊、張君玉、陳安全	2010.1.27	烈嶼鄉文化館	烈嶼鄉公所
協助金寧鄉公所春聯書寫	洪明燦、陳添財、陳炳仁、許永贊、許文科、溫仕忠、陳應德、蔡錦海、	2010.1.31	金寧鄉公所	金寧鄉公所

名稱	參加人員	時間	地點	主辦者
	吳宗陵、王宏武、洪壽森、陳為庸、呂光浯、張水團、王金鍊、鄭有諒、翁坤成。			
第三、四屆理、監事交接儀式	新任理事長洪明燦自前任理事長陳添財接篆。同時發布行政幹部名單。總幹事：吳宗陵。副總幹事：蔡錦海、洪文正。會計：王金鍊。出納：翁坤成。	2010.2.1	金城鎮公所二樓	金門縣書法學會
協助後豐港書寫春聯	洪明燦、吳宗陵、蔡錦海、王宏武。	2010.2.4	後豐港洪氏宗祠	後豐港社區發展協會
迎接虎年春聯書寫	洪明燦、吳鼎仁、張水團、陳為庸、吳宗陵、呂光浯	2010.2.6	福建省政府大廳	福建省政府
羅漢山春聯書寫	洪明燦、吳宗陵、陳添財、蔡錦海、翁坤成	2010.2.6	廈門市蓮花鎮羅漢山	廈門市書協
新任縣長李沃士與藝文界座談	吳宗陵、陳添財、唐敏達、洪松柏	2010.2.6	縣府第一會議室	金門縣政府
協助和平社區春聯書寫	洪明燦、吳宗陵、楊清國、蔡錦海、洪文正、陳志鈺、陳為庸、王金鍊	2010.2.8	和平社區活動中心	和平社區發展協會
庚寅新春開筆大會	陳添財、洪松柏	2010.3.6	總統府廣場	中華民國書學會
金廈海域檳榔嶼詩意島采風	陳添財、吳宗陵、翁坤成、唐敏達、陳應德	2010.3.21	廈門市	廈門市書協

名稱	參加人員	時間	地點	主辦者
吳宗陵書法個展	吳宗陵、陳添財、楊誠國、唐敏達、吳鼎仁、洪松柏、洪文正	2010.4.17	廈門市中山公園閩臺書畫院展廳	廈門市閩臺書畫院
兩岸一家親－海峽兩岸聯墨書法展暨楹聯論壇	陳添財、吳宗陵、張水團、孫國粹、唐敏達、陳昆乾、洪啟義	2010.5.3	廈門市國際會議中心	泉州商會
繫情高雄，意數發光——海峽兩岸藝術交流展	陳添財、吳宗陵	2010.6.1至6.30	高雄縣議會	高雄市國際文化藝術協會
吳鼎仁水墨畫個展	吳鼎仁、洪明燦、吳宗陵、楊誠國、王宏武、翟美珍	2010.7.31	廈門市中山公園閩臺書畫院展廳	廈門市閩臺書畫院
吳宗陵「八二三和平頌書法展」	吳宗陵、洪明燦、楊誠國、唐敏達、吳鼎仁、洪明標、翟美珍	2010.8.22	泉州市威遠樓	泉州市威遠樓
協助辦理陳嘉子「含松書會」師生書法展	洪明燦、陳添財、吳宗陵、許文科、許永贊	2010.10.10	金城鎮公所七樓	金城鎮公所
毫光墨香－海峽兩岸書法聯展	金門縣書法學會、高雄市國際文化藝術協會、廈門市書協、廈門市閩臺書畫院、雲霄縣文聯、河南省新鄉市書協	2010.10.23至11.3	金門縣文化局	金門縣書法學會
協助「海外榮光聯誼會回國參訪團」書法揮毫贈送活動	鄭有諒、洪明燦、吳宗陵、陳添財、洪明標、王宏武	2010.10.26	金門縣浯江大飯店	金門縣榮民服務處
薛主席承泰接見本會成員	洪明燦、吳宗陵、陳添財、呂光浯	2010.11.5	福建省政府主席辦公室	福建省政府

名稱	參加人員	時間	地點	主辦者
書法六人展	洪明燦、孫國粹、洪松柏、陳安全、吳國泰、吳宗陵。	2010.11.16 至12.30	烈嶼鄉文化館	烈嶼鄉公所
赴大擔島揮毫慰勞各據點	洪明燦、吳宗陵、吳鼎仁、蔡錦海、吳國泰、洪松柏	2010.11.20	大擔島各據點	烈嶼守備區指揮部
兩岸書與畫－翔安2010書法交流展暨第二屆炎黃文化研究會書畫聯展	洪明燦、唐敏達、陳添財、吳鼎仁、洪松柏、吳宗陵、楊誠國、張國英	2010.11.24 至11.26	廈門市翔安區政府	翔安區政協
與浙江省江山市老年書畫研究會現場揮毫交流	洪明燦、吳宗陵、陳添財、唐敏達、王宏武、洪松柏、蔡錦海、王金鍊	2010.12.3	金門縣文化局	金門縣書法學會

金門縣書法學會第四屆大事紀要表（2011）				
名稱	參加人員	時間	地點	主辦者
柏村國小師友書畫展	洪明燦、吳宗陵、陳添財、吳鼎仁、楊清國、鄭有諒、呂光浯、陳為庸、張水團、孫國粹	2011.1.1	柏村國小	柏村國小
協助料羅新村春聯書寫	洪明燦、吳宗陵、吳鼎仁、洪明標、鄭有諒、蔡錦海、呂光浯、陳為庸、余鳴、呂金和、呂水峨、陳宗勇	2011.1.8	料羅社區發展協會活動中心	料羅新村社區發展協會
協助金城鎮東門里春聯書寫	洪明燦、吳宗陵、蔡錦海、洪文正、許獨鶴、溫仕忠、許永贊	2011.1.12	東門里長青老人活動中心	東門里社區發展協會
協助烈嶼鄉公所春聯書寫	洪明燦、吳宗陵、唐敏達、吳鼎仁、蔡錦海、洪文正、許永贊、王金鍊、洪松柏、陳安全、吳國泰	2011.1.13	烈嶼鄉文化館	烈嶼鄉公所
辛卯兔年春聯書寫贈送活動	洪明燦、陳炳仁、洪文正、蔡錦海、王金鍊、王林進、許永贊、林金龍、溫仕忠、鄭賀文、鄭有諒、孫國粹、洪明標、楊清國、張清忠、翁坤成、吳鼎仁、陳應德、陳志鈺、唐敏達、吳宗陵、呂光浯、洪壽森、楊誠國、蔡發色	2011.1.15	金門縣文化局	金門縣書法學會
協助金城鎮和平社區春聯書寫	洪明燦、蔡錦海、吳宗陵、陳為庸、呂光浯、王金鍊、孫國粹、鄭賀文	2011.1.16	和平社區活動中心	和平社區發展協會
協助福建省政府春聯書寫	吳宗陵、吳鼎仁、蔡錦海、陳為庸、呂光浯	2011.1.18	福建省政府大廳	福建省政府
協助慈濟功德會金門分會春聯書寫	吳宗陵、蔡錦海、鄭賀文、洪松柏	2011.1.19	慈濟功德會金門共修處	慈濟功德會金門分會

名稱	參加人員	時間	地點	主辦者
協助金沙鎮公所春聯書寫	陳炳仁、溫仕忠、張水團、吳宗陵、呂光浯、王宏武、陳應德、王金鍊、許永贊、蔡錦海、王林進	2011.1.21	金沙車站一樓	金沙鎮公所
協助金寧鄉公所春聯書寫	吳宗陵、陳炳仁、蔡錦海、翁坤成、王金鍊、許文科、孫國粹、鄭有諒、呂光浯、楊清國	2011.1.22	金寧鄉公所四樓	金寧鄉公所
協助金湖鎮公所春聯書寫	洪明燦、陳炳仁、鄭有諒、王宏武、陳應德、溫仕忠、吳鼎仁、王金鍊、呂金和、翁坤成、吳宗陵、張瑞心、王林進、呂光浯、蔡錦海、蔡發色、許永贊	2011.1.25	金湖鎮公所一、三樓	金湖鎮公所
協助金酒公司春聯書寫	吳宗陵、蔡錦海、王金鍊、許永贊、許獨鶴、溫仕忠、陳炳仁、吳鼎仁、楊清國、王林進、鄭有諒、許文科、陳應德、翁坤成、張水團、呂光浯、陳為庸、陳安全、林金龍、蔡發色	2011.1.25	金酒公司金寧廠	金酒公司
協助後豐港春聯書寫	吳宗陵、蔡錦海、王金鍊、許永贊、翁坤成	2011.1.28	後豐港洪氏宗祠	後豐港社區發展協會
金廈書法家聯展	洪明燦、洪明標、林瑞蓮、翟美珍	2011.2.4 至2.5	廈門市海滄人民廣場展覽廳	海滄投資集團
楷書風華書藝大展	唐敏達、溫仕忠、陳炳仁、林金龍、蔡顯吉、翟美珍、莊火練、黃秀中、陳彩雪、陳國祚、陳玉貞、李麒麟、蔡文山、董加添、陳志鈺、蔡阿明、周志良、楊忠洵、余鳴、呂金和、呂水峨	2011.3.5 至3.22	金門縣文化局	金門縣書法學會

名稱	參加人員	時間	地點	主辦者
翰逸神飛書法展	洪明燦、陳炳仁、唐敏達、楊清國、張水團、陳添財、洪松柏、洪明標、鄭有諒、王宏武、吳鼎仁、洪壽森、陳應德、張清忠、呂光浯、吳宗陵	2011.4.30至5.10	金城鎮公所七樓	金城鎮公所
福州定光寺書法交流	洪明燦、蔡錦海、唐敏達、呂光浯、孫國粹、張清忠、王金鍊、翟美珍	2011.6.8至6.12	福州市	福州定光寺
廈門市金廈風情書畫邀請展	吳宗陵、陳添財	2011.6.11	廈門市	廈門市金門同胞聯誼會
筆走龍蛇書法展	陳添財、吳鼎仁、王金鍊、張水團、孫國粹、許獨鶴、洪炎興、吳宗陵、張瑞心、陳應德、張太白、翁坤成、楊清國、許永贊、洪文正、鄭有諒、陳為庸、蔡錦海、楊惠青、吳國泰	2011.6.22至7.13	金門縣文化局	金門縣書法學會
「兩岸心，翰墨情」書畫邀請展	洪明燦、吳宗陵、呂光浯、陳添財、洪松柏、孫國粹、吳鼎仁、張水團、楊清國、洪明標、唐敏達、蔡錦海、楊惠青、鄭有諒、蔡顯吉、王宏武、鄭賀文、莊火練、陳志鈺、陳玉貞、洪文正	2011.7.1至7.12	金門縣議會	金門縣議會
百年辛亥，百大書家，百米長卷書寫活動	洪明燦、吳宗陵、唐敏達、楊誠國、吳鼎仁、洪文正、陳添財、孫國粹、張水團	2011.10.7至10.11	張家界十里畫廊	廈門市閩臺書畫院
辛亥百年——兩岸書法家邀請展	洪明燦、吳宗陵、蔡錦海、楊誠國、唐敏達、洪明標、陳添財、洪松柏	2011.10.19	廈門市藝術中心	廈門市政協

名稱	參加人員	時間	地點	主辦者
大漢隸法書法展	張奇才、洪明燦、許文科、王宏武、洪壽森、呂光浯、李根樂、鄭賀文、陳篤居、洪明標、王振昌、洪松柏、呂光浯、王林進、蔡發色、林瑞蓮、翁文贊、楊誠國、陳安全、陳有利	2011.10.22至11.3	金門縣文化局	金門縣書法學會
閩臺祖地——第三屆中原根親文化節	吳宗陵	2011.11.8至11.10	河南省固始縣	固始縣文聯
大漢隸法書法展	張奇才、洪明燦、许文科、王宏武、洪壽森、呂光浯、李根樂、鄭賀文、陳篤居、洪明標、王振昌、洪松柏、呂光浯、王林進、蔡發色、林瑞蓮、翁文贊、楊誠國、陳安全、陳有利	2011.11.16至12.3	烈嶼鄉文化館	烈嶼鄉公所
酒墨爭香揮毫活動	金門縣書法學會會友30人。另友會：桃園漢字藝術學會、高雄市國際文化藝術協會共10人。	2011.6.8至6.12	金酒公司金寧廠	金酒公司
2011毫光墨香兩岸六地書法聯展	金門縣書法學會、桃園縣漢字文化學會、彰化縣半缸書會、高雄市國際文化藝術協會、廈門市閩臺書畫院、河南省新鄉市文聯	2011.11.19至12.6	金門縣文化局	金門縣書法學會
蘭亭小學開班授證	洪明燦、吳宗陵、楊誠國、吳鼎仁、孫國粹、陳添財、陳為庸、鄭有諒、呂光浯、張水團	2011.12.4	金門縣柏村國小	中國書法家協會、柏村國小

名稱	參加人員	時間	地點	主辦者
王阿毫書畫展暨春聯贈送書寫	陳炳仁、王宏武、許永贊、吳鼎仁、呂光浯、陳為庸、張水團、蔡錦海、楊清國、陳添財、洪文正、洪松柏、薛祖森	2011.12.13	金沙鎮公所辦公大樓	金沙鎮公所
吳宗陵書法個展	吳宗陵、洪明燦、吳鼎仁、洪明標、王宏武、翟美珍、楊誠國、徐心富	2011.12.18 至12.23	臺南市文化中心	金門縣書法學會
將軍書畫展	本會參加揮毫活動人員：洪明燦、陳炳仁、吳宗陵、陳應德、陳添財、鄭有諒、吳鼎仁、張君玉、呂光浯、王金鍊、洪明標、王宏武、洪文正	2011.12.27	金寧中小學	中華粥會
第一屆海峽兩岸民間書畫揮毫活動	洪明燦、吳鼎仁、洪明標、吳宗陵、王宏武	2011.12.28	廈門大學漳州校區	廈門市鑫飛翔藝術
品酒論文章－金門傳奇六十風華游於藝揮毫活動	臺灣書畫大家姜一涵。本會成員：洪明燦、楊清國、吳鼎仁、吳宗陵、唐敏達、陳添財、楊誠國、王宏武、王金鍊	2011.12.30	金酒公司	金酒公司

金門縣書法學會第四屆大事紀要表（2012）				
名稱	參加人員	時間	地點	主辦者
2012壬辰龍年春聯大放送	洪明燦、陳炳仁、鄭有諒、許永贊、王金鍊、孫國粹、張瑞心、陳添財、王宏武、陳為庸、溫仕忠。洪文正、鄭賀文、蔡錦海、林瑞蓮、張水團、翁坤成、吳國泰、陳志鈺	2012.1.7	金門縣文化局	金門縣書法學會
協助金寧鄉龍年春聯書寫	洪明燦、陳炳仁、吳宗陵、許永贊、翁坤成、許文科、蔡錦海、陳添財、洪壽森、林瑞蓮、蔡世舜、鄭有諒、王金鍊、陳志鈺	2012.1.8	金寧鄉公所	金寧鄉公所
協助烈嶼鄉春聯贈送活動	洪明燦、吳宗陵、陳添財、蔡錦海、王宏武、洪松柏、吳鼎仁、王金鍊、陳安全、林瑞蓮、吳國泰、翟美珍、黃秀中、鄭賀文	2012.1.10	烈嶼鄉文化館	烈嶼鄉公所
協助金湖鎮龍年春聯書寫	洪明燦、陳添財、陳炳仁、許永贊、陳應德、蔡錦海、吳宗陵、王宏武、王金鍊、鄭有諒、林瑞蓮、張瑞心	2012.1.11	金湖鎮公所	金湖鎮公所
協助慈濟功德會春聯書寫	洪明燦、吳宗陵、鄭賀文、翁坤成、林瑞蓮、許永贊	2012.1.12	金城鎮慈濟功德會共修處	金門慈濟功德會
協助和平社區春聯書寫	洪明燦、吳宗陵、呂光浯、陳為庸、王金鍊、鄭賀文	2012.1.15	和平社區活動中心	和平社區發展協會
協助金酒公司龍年春聯書寫	洪明燦、吳宗陵、蔡錦海、洪明標、王金鍊、李根樂、陳應德、陳添財、林瑞蓮、許永贊、許文科、翁坤成	2012.1.19	金酒公司金寧廠	金酒公司
協助後備軍人園遊會揮毫活動	陳添財、洪文正	2012.2.10	金城鎮育幼院廣場	金門縣後備服務中心

名稱	參加人員	時間	地點	主辦者
參加總統府凱達格蘭大道壬辰新春開筆	陳添財、吳鼎仁、鄭有諒、孫國粹、呂光浯、洪明標、王金鍊、陳玉貞、鄭賀文、翁坤成	2012.2.11	總統府前廣場	中華民國書學會
心嚮藝境書畫聯展	陳添財、洪明燦、吳宗陵、洪松柏	2012.4.27	高雄縣佛光緣美術館	高雄市國際文化藝術協會
「高古書風－篆與隸」書法展	唐敏達、溫仕忠、陳炳仁、林金龍、蔡顯吉、翟美珍、莊火練、黃秀中、陳彩雪、陳國祚、陳玉貞、李麒麟、蔡文山、董加添、陳志鈺、蔡阿明、周志良、楊忠洮、余鳴、呂金和、李增財、楊幼珍	2012.4.28至5.11	金門縣文化局	金門縣書法學會
第二屆關帝頌海峽兩岸書畫名家作品展	洪明燦、吳宗陵、洪明標、孫國粹、呂光浯	2012.5.18	福建東山島關帝畫院	福建東山島關帝畫院
山東碑刻文化之旅	洪明燦、翟美珍、陳添財、蔡錦海、王金鍊、吳國泰、林瑞蓮、李根樂、蔡發色、楊清國、孫國粹、洪明標、洪松柏、李麒麟	2012.6.5至6.11	大陸山東省境	金門縣書法學會
魏碑遺韻書法展	陳添財、吳鼎仁、王金鍊、張水團、孫國粹、許獨鶴、洪炎興、吳宗陵、張瑞心、陳應德、張太白、翁坤成、楊清國、許永贊、洪文正、鄭有諒、陳為庸、蔡錦海、吳國泰、薛祖森、陳允利、李明輝、陳勝堅、葉彝丞	2012.6.16至7.4	金門縣文化局	金門縣書法學會

名稱	參加人員	時間	地點	主辦者
第四屆鄭成功文化節書法名家邀請展	洪明燦、吳宗陵、蔡錦海、王宏武、王金鍊、呂光浯、鄭有諒、吳鼎仁、吳國泰、余鳴、洪文正、洪明標、蔡阿明、唐敏達、陳添財、陳玉貞、翟美珍、陳安全、孫國粹、張水團、黃秀中、鄭賀文、楊誠國、許永贊、翁坤成	2012.6.16 至6.19	廈門市	廈門市思明區人民政府
廈門市翔安區大嶝嘉年華兩門書法展	洪明燦、陳添財、孫國粹、吳鼎仁、張水團	2012.6.17 至6.24	大嶝島臺灣免稅商區	廈門市廣電文體處
高古書風－篆與隸書法展	唐敏達、溫仕忠、陳炳仁、林金龍、蔡顯吉、翟美珍、莊火練、黃秀中、陳彩雪、陳國祚、陳玉貞、李麒麟、蔡文山、董加添、陳志鈺、蔡阿明、周志良、楊忠洵、余鳴、呂金和、李增財、楊幼珍	2012.8.1 至9.15	烈嶼鄉文化館	烈嶼鄉公所
兩岸當代書畫名家邀請展	陳添財、鄭有諒、洪明標、楊清國、蔡錦海	2012.8.11 至8.16	金門縣文化局	金門縣文化局
廈門市同安區海峽兩岸職工書畫聯展	楊誠國、洪明燦、吳宗陵、洪文正、吳鼎仁、陳添財、唐敏達、洪明標	2012.8.30 至9.1	廈門市同安區文體廣場	廈門市同安區工會委員會
行之舞之書法展	張奇才、洪明燦、許文科、王宏武、洪壽森、呂光浯、李根樂、鄭賀文、陳篤居、洪明標、王振昌、洪松柏、呂光浯、王林進、蔡發色、	2012.9.8至9.25	金門縣文化局	金門縣書法學會

名稱	參加人員	時間	地點	主辦者
	林瑞蓮、翁文贊、楊誠國、陳安全、陳有利、蔡水珍、楊惠青、張清忠			
海峽杯全國書畫展	洪明燦、吳宗陵、洪明標、鄭有諒、洪文正、洪松柏、吳鼎仁、唐敏達、王金鍊、呂光浯、翟美珍、鄭賀文、楊清國、陳添財、蔡錦海	2012.9.22至9.23	廈門市藝術館	政協廈門市翔安區委員會
三明市清流縣龍津鎮青峰古寺上樑大典	洪明燦、楊清國、翟美珍	2012.11.12至11.14	龍津鎮橫溪村青峰寺	清流縣青峰寺
金宴仙洲－品文論墨仙洲舞風華	洪明燦、吳鼎仁、吳宗陵、唐敏達、楊誠國、楊清國、陳添財、盛崧俊	2012.11.17	金酒公司金寧廠	金酒公司
第二屆海峽兩岸溫泉旅遊節暨佛教文化節	洪文正、翁文贊	2012.11.17至11.19	廈門市同安區	廈門市同安區委區政府
2012年毫光墨香海峽兩岸書法聯展	金門縣書法學會、彰化縣書法學會、高雄市國際文化藝術協會、廈門市書法家協會、北師大書法專業碩士研究班、香港唯藝書畫社	2012.12.1至12.20	金門縣文化局	金門縣書法學會
鄭成功復臺350週年暨國際書法邀請展	洪明燦、陳添財、張奇才、吳宗陵、吳鼎仁、許文科、孫國粹、洪明標、呂光浯、王宏武、陳為庸、蔡阿明	2012.12.28至1.2	石井鎮鄭成功紀念館	南安市市委宣傳部
首屆羅漢山海峽兩岸青少年現場書法大賽	洪明燦、吳宗陵、洪文正、蔡錦海、王金鍊、翁坤成、洪明標、張水團、唐敏達、翟美珍（另學生、家長，全團共56人。）	2012.12.31至2013.1.2	廈門市蓮花鎮羅漢山	廈門市同安區教育局

金門縣書法學會第四屆大事紀要表（2013）				
名稱	參加人員	時間	地點	主辦者
協助金沙鎮公所春聯書寫	洪明燦、陳添財、許永贊、陳應德、蔡錦海、吳宗陵、陳為庸、張水團、王金鍊、翁坤成、洪文正、呂金和、陳志鈺、洪明標	2012.1.10	金沙鎮公所	金沙鎮公所
2013癸巳蛇年春聯大放送	洪明燦、唐敏達、陳炳仁、洪明標、陳添財、吳宗陵、蔡錦海、洪文正、王金鍊、翁坤成、鄭有諒、林金龍、翟美珍、黃秀中、陳玉貞、李麒麟、陳志鈺、蔡阿明、余鳴、鄭賀文、王愛君、李麒麟、陳國祚	2013.1.19	金門縣文化局	金門縣書法學會
協助慈濟功德會春聯書寫	洪明燦、洪松柏、許永贊、翁坤成、翟美珍、黃秀中、鄭賀文	2013.1.21	金城西門里慈濟共修處	金門慈濟功德會
協助烈嶼鄉春聯書寫	洪明燦、洪松柏、陳安全、吳國泰、洪明標、蔡錦海、王金鍊、翁坤成、許永贊、陳添財、陳志鈺、王愛君	2013.1.24	烈嶼鄉文化館	烈嶼鄉公所
協助金寧鄉公所春聯書寫	洪明燦、吳宗陵、洪明標、蔡錦海、王金鍊、翁坤成、洪壽森、陳添財、陳志鈺、翟美珍、王愛君	2013.1.26	金寧鄉公所	金寧鄉公所
協助金湖鎮公所春聯書寫	洪明燦、吳宗陵、蔡錦海、王金鍊、翁坤成、許永贊、翟美珍、陳炳仁、鄭有諒、陳應德、余鳴、洪文正、陳志鈺、陳有利、呂光浯	2013.1.29	金湖鎮公所	金湖鎮公所

名稱	參加人員	時間	地點	主辦者
金蛇報喜，墨舞迎祥瑞	洪明燦、吳宗陵、唐敏達、洪明標、吳鼎仁、蔡錦海、王金鍊、洪文正	2013.2.1	一、金門機場 二、水頭碼頭	金坊國際股份有限公司、昇恆昌股份有限公司
參加「後備軍人園遊會」揮毫活動	吳宗陵、許永贊	2013.2.2	金門縣文化局	金門縣後備服務中心
2012年「百福賀歲，兩岸同春」春聯書寫展示	洪明燦、吳宗陵、洪明標、蔡錦海、王金鍊、翁坤成、唐敏達、陳添財、鄭有諒、楊誠國、楊清國、楊惠青、張水團、孫國粹、呂光浯、洪松柏、黃秀中、翟美珍、陳玉貞、鄭賀文、蔡發色、楊忠洵、蔡阿明、陳有利	2013.2.3 至2.4	廈門市五一文化廣場	廈門市書法家協會
協助金酒公司癸巳年春聯書寫	洪明燦、陳炳仁、李根樂、呂光浯、吳宗陵、洪明標、翁文贊、翁坤成、孫國粹、許永贊、楊清國、翟美珍、陳有利、陳添財、陳應德、蔡錦海、鄭有諒、王愛君	2013.2.5	金酒公司金寧廠	金酒公司
大道慈濟情，兩岸書畫緣	陳添財、蔡錦海	2013.4.18	廈門市青礁慈濟宮	廈門市青礁慈濟宮
筆酣墨暢書法展	陳添財、吳鼎仁、王金鍊、張水團、孫國粹、許獨鶴、洪炎興、吳宗陵、張瑞心、陳應德、張太白、翁坤成、楊清國、許永贊、洪文正、鄭有諒、陳為庸、蔡錦海、吳國泰、薛祖森、陳允利、李明輝、陳勝堅、葉彝丞	2013.5.1 至6.15	烈嶼鄉文化館	烈嶼鄉公所

名稱	參加人員	時間	地點	主辦者
二王書風書法展	唐敏達、陳炳仁、林金龍、蔡顯吉、翟美珍、莊火練、黃秀中、陳彩雪、陳國祚、陳玉貞、李麒麟、蔡文山、董加添、陳志鈺、蔡阿明、周志良、楊忠洵、余鳴、呂金和、李增財、陳月華、張峰吉	2013.5.11 至5.29	金門縣文化局	金門縣書法學會
第六屆海峽兩岸開漳聖王文化節	洪明燦、楊誠國、吳鼎仁、徐心富、許永贊、蔡錦海、吳宗陵、王金鍊、洪明標、翁坤成、洪文正、翟美珍、陳玉貞、鄭賀文、洪松柏	2013.6.16 至6.17	雲霄縣文化館	雲霄縣縣委宣傳部
閩臺僑鄉文化藝術節——中華百家姓聯墨巡展	洪明燦、王金鍊、陳添財、吳鼎仁、張水團、孫國粹、吳宗陵、翁坤成、楊誠國、許永贊、洪文正、鄭有諒、蔡錦海、洪明標、徐心富、呂光浯、唐敏達、洪松柏、莊火練、謝華東	2013.6.27	金門縣文化局	福建省僑聯、金門縣政府
清人碑刻書法展	陳添財、吳鼎仁、王金鍊、張水團、孫國粹、許獨鶴、洪炎興、吳宗陵、張瑞心、陳應德、張太白、翁坤成、楊清國、許永贊、洪文正、鄭有諒、蔡錦海、吳國泰、薛祖森、陳允利、李明輝、許夢麟、王愛君、徐心富	2013.7.2 至7.10	金門縣文化局	金門縣書法學會

名稱	參加人員	時間	地點	主辦者
晉金譜牒文化書法聯展	洪明燦、吳宗陵、陳添財、王金鍊、王林進、吳鼎仁、張水團、洪明標、洪壽森、呂光浯、楊清國、孫國粹、鄭有諒、蔡錦海、黃秀中、許永贊	2013.8.17 至8.19	金城鎮公所	金門宗族文化研究協會
2013海峽兩岸中小學書法夏令營	洪明燦、洪明標、黃娜娜率地區中小學生陳采丰等13名學生前往參加	2013.8.20 至8.23	廈門市同安區蓮花鎮羅漢山	廈門市同安區教育局
「從魏碑到唐楷」書法展	張奇才、洪明燦、許文科、王宏武、洪壽森、呂光浯、李根樂、鄭賀文、陳篤居、洪明標、王振昌、洪松柏、呂光浯、王林進、蔡發色、林瑞蓮、翁文贊、楊誠國、陳安全、陳有利、蔡水珍、楊惠青、張清忠、許玉音	2013.9.14 至9.26	金門縣文化局	金門縣書法學會
第五屆中原根親文化節書畫展	洪明燦、陳添財、洪明標、鄭有諒、吳鼎仁、楊誠國、蔡錦海、張奇才、張水團、徐心富、孫國粹、陳玉貞、鄭賀文、呂光浯、楊清國、翟美珍、吳宗陵	2013.9.26	河南光州固始縣	固始縣文聯
第二屆海峽盃全國書畫展	三等獎：吳宗陵。入展獎：王宏武、王金鍊、呂光浯、許文科、張水團、張奇才、李祥福、陳安全、楊誠國、楊清國、鄭丞旻、洪文正、徐心富、蔡阿明	2013.10.15	廈門市藝術館	中國詩書畫協會
2013年毫光墨香——海峽兩岸三地書法聯展	金門縣書法學會、彰化縣游藝雅集書學會、台南市研墨書會、高雄市國際文化藝術協會、廈門市書法家協會	2013.11.16 至12.5	金門縣文化局	金門縣書法學會

美學藝術類　BH0004

毫光墨香

作　　者 / 洪明燦
責任編輯 / 黃大奎
圖文排版 / 楊家齊
封面設計 / 秦禎翊

贊助出版 / 金門縣文化局
出 版 者 / 洪明燦
法律顧問 / 毛國樑　律師
製作發行 / 秀威資訊科技股份有限公司
　　　　　114台北市內湖區瑞光路76巷65號1樓
　　　　　電話：+886-2-2796-3638　傳真：+886-2-2796-1377
　　　　　http://www.showwe.com.tw
劃撥帳號 / 19563868　戶名：秀威資訊科技股份有限公司
　　　　　讀者服務信箱：service@showwe.com.tw
展售門市 / 國家書店（松江門市）
　　　　　104台北市中山區松江路209號1樓
　　　　　電話：+886-2-2518-0207　傳真：+886-2-2518-0778
網路訂購 / 秀威網路書店：http://www.bodbooks.com.tw
　　　　　國家網路書店：http://www.govbooks.com.tw
圖書經銷 / 紅螞蟻圖書有限公司
　　　　　台北市114內湖區舊宗路2段121巷19號（紅螞蟻資訊大樓）
　　　　　電話：+886-2-2795-3656　傳真：+886-2-2795-4100

2014年8月BOD一版
定價：230元

國家圖書館出版品預行編目

毫光墨香 / 洪明燦著. -- 一版. -- [金門縣金城鎮] : 洪明
燦出版 : 臺北市 : 紅螞蟻圖書經銷, 2014.08
　面； 公分. -- (美學藝術類 ; BH0004)
BOD版
ISBN 978-957-43-1599-4 (平裝)

848.6   103012847

讀者回函卡

感謝您購買本書，為提升服務品質，請填妥以下資料，將讀者回函卡直接寄回或傳真本公司，收到您的寶貴意見後，我們會收藏記錄及檢討，謝謝！
如您需要了解本公司最新出版書目、購書優惠或企劃活動，歡迎您上網查詢或下載相關資料：http:// www.showwe.com.tw

您購買的書名：_____

出生日期：_____年_____月_____日

學歷：□高中 (含) 以下　　□大專　　□研究所 (含) 以上

職業：□製造業　□金融業　□資訊業　□軍警　□傳播業　□自由業
　　　□服務業　□公務員　□教職　　□學生　□家管　　□其它____

購書地點：□網路書店　□實體書店　□書展　□郵購　□贈閱　□其他

您從何得知本書的消息？

□網路書店　□實體書店　□網路搜尋　□電子報　□書訊　□雜誌

□傳播媒體　□親友推薦　□網站推薦　□部落格　□其他_____

您對本書的評價：（請填代號　1.非常滿意　2.滿意　3.尚可　4.再改進）

封面設計____　版面編排____　內容____　文／譯筆____　價格____

讀完書後您覺得：

□很有收穫　□有收穫　□收穫不多　□沒收穫

對我們的建議：_____

_____

_____

_____

11466
台北市內湖區瑞光路 76 巷 65 號 1 樓

秀威資訊科技股份有限公司　　　收

BOD 數位出版事業部

....

（請沿線對折寄回，謝謝！）

姓　　名：＿＿＿＿＿＿＿＿＿　年齡：＿＿＿＿　性別：□女　□男

郵遞區號：□□□□□

地　　址：＿＿＿＿＿＿＿＿＿＿＿＿＿＿＿＿＿＿＿

聯絡電話：(日) ＿＿＿＿＿＿＿＿＿　(夜) ＿＿＿＿＿＿＿＿＿

E-mail：＿＿＿＿＿＿＿＿＿＿＿＿＿＿＿＿＿＿＿